「おはよう、錯《じ》錯《じ》。
よく寝ていたね」

「いらんかね、いらんかね！
珍しい商品が揃っておるぞ！
見るだけなら払いは要らんよ、
よって来い、よって来い！」
商人に扮し、苑州の実情
声に引かれて

さぐる大偉《ダウエイ》。
ってきたのは……？

――静静に「楽しい」と
「美味しい」を
教えてあげるんだ！
百花宮のお掃除係9
HYAKKAKYU NO OSOUJIGAKARI
転生した新米宮女、後宮のお悩み解決します。

百花宮のお掃除係

9

転生した新米宮女、後宮のお悩み解決します。

黒辺あゆみ
イラスト しのとうこ

HYAKKAKYU NO OSOUJIGAKARI

口絵・本文イラスト
しのとうこ

装丁
AFTERGLOW

目次《もくじ》

人物紹介

張雨妹　チャン・ユイメイ

看護師だった記憶をもつ元日本人。
生前は華流ドラマにハマっており、
せっかくならリアル後宮ライフを体験したい
という野次馬魂で後宮入り。
辺境の尼寺で育てられていた際に、
自分が現皇帝の娘であるという出生の
秘密を聞かされるが、眉唾と思っていた。
おやつに釣られやすい。

劉明賢　リュウ・メイシェン

崔国の太子殿下。雨妹に大事な
姫の命を救われた恩もあったが、
最近は個人的にも気になって
動向を観察している。
雨妹の好きそうなおやつを見繕うのが
楽しくなってきた。

王立彬　ワン・リビン

またの名を王立《リー》勇《ヨン》という。
明賢に仕える近衛兼宦官で、
近衛のときは立勇、宦官のときは立彬と
名乗って使い分けている。
周囲には双子ということにしている。
権力や地位に興味を示さず気ままに後宮
生活を楽しんでいる雨妹を気に入っている。

陳子良　チェン・ジリャン

後宮の医局付きの宦官医師。
医療の知識も豊富で、頼りになる存在。
雨妹の知識の多さに驚き、
ただの宮女ではないと知りつつも
お茶飲み友達として接してくれている。

鈴鈴　リンリン

明賢の妃嬪である江《ジャン》貴妃に
付いている宮女。
小動物のように可愛らしい。
田舎から出てきた宮女で雨妹よりも
先輩にあたるが、雨妹が手荒れを治す軟膏や
化粧水を作ってくれてからというもの、
後輩のように懐いてきてくれる。

劉志偉　リュウ・シエイ

雨妹の父であり、崔国の皇帝陛下。
かつては武力に長けた君主として
人気を誇っていた。雨妹の母を後宮から
追放することになった事件をきっかけに
その威光を失いつつあったが、
雨妹が後宮入りした頃から英気を取り戻す。

路美娜　ル・メイナ

台所番を務める恰幅の良い宮女。
雨妹によくおやつを作って
持たせてくれる
神様のような存在。

楊玉玲　ヤン・ユリン

後宮の宮女たちをまとめる女官。
雨妹の目と髪の色を見た瞬間に
雨妹の出自に気づき、以降、
それとなく気にしてくれている
面倒見のいい姉御。

明《ミン》

皇帝直属の近衛。
雨妹の母を後宮から
追放してしまったことを悔い、
酒に溺れていた。
痛風を患っていたが無事に回復し、
復帰している。

黄才《ホァン・ツァイ》

佳出身。
徳妃として後宮に住んでいる。
元船乗りだからか、
肝が据わっており豪胆な性格。

黄美蘭《ホァン・メイラン》

佳出身で、黄家の若頭・利民の幼馴染み。
才と同じく徳妃として後宮に住んでいる。
初めは慣れない環境と扱いに
戸惑っているようだったが、
いまや宮女に変装して
釣りをするほど奔放に暮らしている。

許子《シュ・ジ》

後宮で出会った天才琵琶師。
恋人の朱が死んでしまったと思い
自棄になっていたが、
朱が東国から戻ってきて結ばれた。
皇帝の取りなしで、後宮を出て
二人で暮らすことに。

朱仁《ヂゥ・レン》

東国へ戦争に向かい死亡したと
思われていたが、本当は記憶喪失になって
明に拾われていた許の恋人。

幕間　因果はめぐる

「今日は月がよく見える」

そう言いながら夜空を見上げているのは、宦官《かんがん》の杜俊《ドウ・ジュン》に扮《ふん》した志偉《シエイ》である。

百花宮《ひゃっかきゅう》の外れの方にある庭園の東屋《あずまや》で、春の冴《さ》えた月を眺めていた。手には酒杯を持っており、月見酒と洒落《しゃれ》込んでいるところだ。今は雨妹《ユイメイ》の新居を訪ねた、その帰り道である。真《ま》っ直《す》ぐに戻る気にならず、こうして寄り道をしているというわけだ。

志偉は自分でもこの宦官の姿を案外気に入っている。ただ髭《ひげ》を剃《そ》っただけだというのに、思いの外誰からも「皇帝・志偉」だと気付かれないのが面白いものだ。

「どうぞ」

いつの間にか空になっていた酒杯に、燗《かん》の酒を注ぐのは、月見酒に付きあってくれている楊《ヤン》だった。

この楊とて、長く働いてくれている女官であっても、本来ならば皇帝に直《じか》に目通りできる身分ではない。それがこうして話せているのにも、色々なめぐり合わせがあるのだけれど。

「お前には面倒を押し付け、申し訳なく思う」

今回はさすがに予想外の面倒事を背負わせた形になったので、志偉は謝罪を口にする。しかし、あの何家《ホー》の子どもを隠すには、楊以外に適任者が思い当たらないのも事実だ。李《リー》将軍は良い選択をしたが、楊には不運が舞い込んだと言えるだろう。

「皇帝・志偉」であれば滅多に口にしない謝罪を男がしたことに、楊は軽く目を見張ったものの、かすかに微笑《ほほえ》む。

「なにを仰《おつしや》いますか、この程度は面倒などではございませぬ。それに、どこぞから逃げて来た娘を匿《かくま》うことも、この百花宮の役目でございますよ」

そう、色々な理由で居場所を追われてしまった娘を受け入れるという機能が、古来この後宮にはあった。尼寺に逃げるという手もあるのだが、そちらよりも出入りの取り締まりが厳しいため、追ってくる者から守られる安心感が大きいのだ。

「そうか」

楊の言葉に一つ頷《うなず》く志偉であったが、酒を一口飲むと「ほぅ」と息を吐く。

「しかし、子どもにあのようなことを言わせてしまったか」

そう漏らす志偉が先程まで話をしていた何静《ホー・ジン》とは、意外なくらいに素直な子どもであった。皇族や大公家によく見られるような、常になにかを計算している顔をしていない。

その静のあの叫びが耳から離れず、ずっと志偉の心に刺さっていた。

『誰がお偉い生活がしたいと強請《ねだ》った⁉　誰が金持ちの暮らしがしたいと言った⁉　私と宇《ユウ》はあのまま、老師とあの里で暮らしていけたら、それでよかったんだ！』

これを、「大公家の血筋に生まれながら、無責任だ」などと言う者もあるだろう。しかし志偉はそう責める気にはなれない。

何故《なぜ》なら、志偉自身も同じ思いを未《いま》だに抱いているからだ。

――山里にある屋敷で爺《じい》と婆《ばあ》と共に暮らせていたら、どれほど気楽で楽しく、幸せであったことだろうか。

志偉こそ、自分から「皇帝になりたい」なんぞと言ったことは、一度たりともない。勝手に担ぎ出され、勝手に妃《きさき》を押し付けられ、勝手に無駄に派手な椅子に座らされたのだ。

なので、静がどのような気持ちであの言葉を吐き出したのか、志偉にはよくわかる。

「この因果を、繰り返したくないものだ」

そんな志偉の呟《つぶや》きは、風にのって消えていった。

第一章　教育係、雨妹《ユイメイ》

梗《キョウ》の都に二人連れのおかしな旅人がやってくるよりしばらく前に、都を旅立った男二人がいた。

青州《セイ》と苑州《エン》を結ぶ街道を、大きな背負子《しょいこ》を担いで歩いている。ちょうど難所の山越えをしている二人のいで立ちから見るに、商人なのだろう。

「若ぁ、そろそろ休みましょうぜ」

「そうだな、そういえば腹が空《す》いたか」

連れに「若」と呼ばれた青年が、一つ頷くと道から横に入り、そこいらの地面に背負子を下ろすと、互いに竹筒に入った水をグビリと飲み、干し芋を齧《かじ》って腹を満たす。その姿も「若」の方はどこか気品が感じられ、育ちの良いお人なのだろうと、通りかかった者は想像できるだろう。

しかし、その通りかかる者が先程から全くおらず、目の前の街道は静かなものである。

「それにしても、誰とも会わんな」

このことを「若」も気にしているようで、そう漏らして首を捻《ひね》る。

「そうですなぁ、今が時季外れとはいえ、それでも少しは誰かとすれ違うはずなのですけど」

もう一人の方も、そのように話す。

この街道は東国との国境に通じるもので、普段であればそこから東国や、その先の異国と行き来する者たちで賑《にぎ》わっている。けれど現在は通る人影がまばらどころか、先程から誰ともすれ違わない。

それは今がまだ雪解け前で、街道を越えるには適さない時期ということもあるだろうが、もう一つ、不穏な噂《うわさ》が流れているためでもあるだろう。

曰《いわ》く、苑州が直に戦乱の地となるという話である。

つまり、この二人は、そんな不穏な地に向かっている物好きだということになるわけだが。

「ずいぶんと歩かされているが、もっと近道がないものかな」

「どれかの山が削られでもしないとねぇでしょうし、神様が作ってくれない限りまあ無理ですなぁ」

「若」のぼやきに連れがもっともなことを告げてから、「それにしても」と言う。

「若よ、よくこんな無茶なことを引き受けたものですなぁ。『一人で勝手に野垂れ死ね』と、とうとう宣告を受けたのかと、俺ぁそう思いましたけどねぇ」

その「野垂れ死に」に付き合わされている連れが、渋い顔になるのに、「若」は「ふん」と鼻を鳴らす。

「春節を、髭爺《ひげじじ》ぃ共の顔を見ながら過ごすよりは、面白そうだと思ったまでだ」

「面白いですかねぇ、これって……」

そう言って口の端を上げる「若」に、連れが「はぁ」とため息を吐《つ》く。

「面白いだろう？　少なくとも私は春節から母上のご機嫌伺いに宮城へ参り、くどくどと誰それの悪口を聞かされるよりは、よほど楽しい」

「まあ、それもわかりますがねぇ、それでもあっしは命が惜しいんですよ」

この「若」の言い分に、連れも理解を示すものの、やはり愚痴りたくなるらしい。

「命を惜しむことなどないぞ、ちゃんと生き残るつもりだからな」

しかしこれにも、「若」は自信満々である。

「そりゃあまた、頼りにしてますぜ、大偉《ダウエイ》皇子」

「これ、皇子ではない」

連れが軽い調子で持ち上げるのに、「若」――大偉がすかさず注意してくる。

「そうでした、若」

連れは「しまった」という顔で、慌てて言い直す。今ここを誰も通っていないとはいえ、どこに耳があるか知れたものではないので、口には重々注意しなければならない。

「それに、そう落ち込むこともないだろう。軍よりも先に己《おの》が才覚で苑州を落としてみせれば、陛下がなんでも望みを聞いてくれるというのだぞ？　そのような大盤振る舞いに乗らぬ手はない」

「そうですかぁ？　どうせできないと思っているから、好きに言っただけじゃあないですかねぇ？」

大偉の言い分に、連れは懐疑的である。

「そうかもしれぬが、このうんざりさせられる私の人生を変えるには格好の、大いなる機会だ」

「さようでございますか」

しかし大偉のこの言葉に、連れは憐《あわ》れむような顔になる。

この皇子は宮城では悪い噂で持ち切りなのだが、これでいてなかなかの苦労人であることを、連

れはよく知っているのだ。

しかし一方で、大偉が困った性格であることは間違いない。

「それに私だって、陛下に望みを問われ、なにを措《お》いてもまずは『あのいつかの宮女の髪が欲しい』と願ったのだが、死ぬ思いをしたので、仕方なく次の願いで我慢をしたのだぞ?」

このお人はまた、要らぬことを陛下に言ってしまったのだ。

「若も懲りませぬなぁ」

よせばいいのに、本題を語る前に欲望を素直に喋《しゃべ》ってしまった大偉には、連れも呆《あき》れるしかない。

以前にその件で一度、皇帝により半殺しの目に遭っているというのに、それをまだ口にできるとはこの皇子、実はなかなかの大物なのだろうか?

「けど若、本当に頼みますよ? 昨日受け取った鷹《たか》文によると、どうやら我らの仕事が増えたんですから」

連れが大偉にそう釘《くぎ》を刺す。

そう、昨日皇帝の影が扱う鷹によって文が運ばれ、それによると苑州の内情が少しは知れたというのだ。もう燃やしてしまったその文の内容を思い出すと、連れの男はため息を吐く。

「なんとも、今の何大公が子どもだという話は、本当だったんですなぁ」

そう、何大公が代わり、「今代の大公は子どもであるそうだ」という噂は聞こえてきていたが、事実は知らされぬままであった。

というのも、新大公は皇帝に拝謁をせず、州城に引きこもっているからだ。なので情報だけが流れ、皇帝すらも大公当人の顔を知らずにいたはずだ。それが、事実を知る者の話で確証が得られたというのである。

「ふん、子どもの大公とは、操り人形として遊ぶにはうってつけというわけだな」

大偉はそう述べると、口の端を歪《ゆが》めている。

皇后唯一の皇子という肩書を持つ大偉は、この「子ども大公」という響きがお気に召さないようだ。きっと己の身を映しているように見えるのだろう、と連れの男は思う。

「厄介な仕事が増えましたなぁ」

暗い顔をする連れに、「なにを言っているのか」と大偉は笑う。

「その生贄《いけにえ》のお人形が、もし生きているのならば連れ帰ればいいだけだろう？　簡単なことだ」

「簡単ですかねぇ？　それってつまり、州城の奥まで侵入しろって言われているんですけれども」

その気楽そうな態度に、連れの男は不安げな顔になるが、これにも大偉は取り合わない。

「簡単さ、少なくとも陛下の寝所に忍び込むよりはな」

「まあ、そりゃあねぇ」

大偉はこれを軽く言ってくれるが、協力したこの連れは、死を覚悟したというのに。

そうなのだ、今苑州に向かっているのも、大偉が皇帝の寝所に忍びこんでの直談判《じかだんぱん》の交換条件として、提示された仕事であるのだ。皇帝の影の手をかいくぐり、やってのけたその能力は素晴らしいものだが、連れとしてはこの能力をもっと別のことに発揮してほしかったと、切に願う。

しかもそうまでして忍び込んだのに、つい願ってしまうのが「宮女の髪が欲しい」なのだから、本当に困った皇子である。

「無茶をする主《あるじ》を持ったわたくしめは、本当に不幸です」

「はっは、幸と不幸は裏表、思い込み次第だぞ？」

がっくりと肩を落とす連れの男に、大偉はそんな声をかけてくる。しかし連れはそのように気楽にはできていない。

「わたくしは、これが無事に済んだら田舎に引っ越し、畑でも耕して過ごします」

連れのこの言葉に、大偉が眉《まゆ》を上げる。

「これこれ、そういう物言いが、それこそ不幸を呼ぶのだぞ？　都一番の娼館《しょうかん》で豪遊してやる、くらいの気持ちでいるがよい」

「いえ、そういう所の女性はなんだか怖いので、ご遠慮したいですな」

連れの男はそう申し出ると、ぶるりと震えるのだった。

＊＊＊

引っ越し翌日、雨妹は新居での朝を迎えた。

「う～ん、素晴らしい朝！」

日の出と共に起き出した雨妹は、表に出るとぐぅ～んと身体《からだ》を伸ばし、深呼吸をする。

夜中に誰かが廊下を歩く足音で眠りの邪魔をされないとは、なんと素晴らしいことか。それに幸いにして、長屋の隣の住人は夜中に騒ぐ癖もないようで、なによりだ。

まずは朝の白湯《さゆ》を飲もうと、台所の竈《かまど》で湯を沸かす。小さな竈であるので、こうしてちょっとなにかを温めるのにちょうどよい大きさと言えるだろう。今後も食事はこれまで通りに食堂へ食べに行くつもりだが、ちょっとしたおやつを作りやすくなったのは嬉《うれ》しい。

そうしていると、やがて静《ジン》も起きてきた。

「ふわぁ」

「おはよう静静《ジンジン》、よく寝ていたね」

大あくびをする静に、雨妹は朝の挨拶《あいさつ》をする。

「おはよう、ちょっと寝すぎたかも」

静はそう返すと、温かい竈の前にすとんとしゃがみ、暖をとろうとしてきた。昼間はだんだん春めいた陽気が感じられるとはいえ、朝はまだまだ寒いのだ。

そうして沸いたお湯を差して温めた水で、二人して顔を洗い、身支度をする。静は宮女のお仕着せを着るのもちょっとは慣れたようで、今日は雨妹が手伝わなくても一人で着ていた。そうしている間に冷めて飲み頃の白湯で喉《のど》を潤すと、朝食を食べに二人で食堂へ向かう。

「おはようございます！」

台所へ声をかけると、すぐに美娜《メイナ》がこちらに気付いてくれた。

「おはようさん阿妹《アメイ》、昨日は様子を見に行けなかったけど、引っ越し先はどうだい？」

「はい、とても快適です！　ぜひ遊びにきてくださいね」

美娜が早速尋ねてくるのに、雨妹は笑顔で話す。

「ああ、後で行かせてもらうよ。これで今度から、夜遊びができるってもんだね」

美娜の言う通り、これで夜遊び解禁だ。これまでも一応個室ではあったので、夜遊びできなくもなかったが、やはり大部屋のすぐ隣なので、気を遣う必要があってあまり堂々と夜更かしできなかった。けれど今度の長屋住まいでは、それよりも自由に夜を過ごせるだろう。

まあそれも、今は静を預かっているので、夜遊びするわけにはいかないのだけれども。

「ふふっ、今後の楽しみにしておきます」

そんな会話を交わしてから、美娜から「はいよ」と朝食を渡された。

今朝の献立は生姜《しょうが》の効いたあったか汁麺《しるめん》だ。朝の冷えた身体が胃から温まって、とてもほっこりとした気分になれる、嬉しい食事であろう。

「はぁ～、温まるねぇ」

汁麺から立ち上る湯気すらも美味《おい》しさに貢献してくれていて、雨妹は幸せに緩んだ顔でズルズルと麺をすする。

「うん」

静も同じくズルズルとしていた。どうやら静はあの初日に苦労をした中華丼よりは、こちらの方が好きらしい。美娜の愛情によりそれなりの量を盛られたものを、あの時よりも悲愴《ひそう》な顔をせずに食べている。

――静静の住んでいたあたりは、小麦文化だったのかな。

基本的に、国の南の方から来た宮女たちは米を好み、北の方から来た宮女たちは麺を好む。気候の違いから育つ作物が違うので、食の好みもそれに則したものになるのは当然だ。それで言うと、静は小麦圏に住んでいたのなら、米よりも麺の方が食べやすいのは道理だろう。

――となると、お米の献立の時は控えめにしてもらえばいいかな。

食事についての懸案事項はこれでいいとして、次に考えるのは静の現状把握だ。そう、あの杜《ドウ》から与えられたお役目である。

静に今なにができてなにができないのか、これを確認しないと始まらない。とはいえ、なにを教えることが生活力になるのかも、考えるところだ。

――う～ん、私が尼寺で教えてもらったことを、参考にすればいいのかなぁ？

今にして思うと、雨妹がもしあの辺境で暮らし続けたのであれば、文字の読み書きを学んだところで、人生の役になんて立たなかっただろうに。それなのに尼たちが読み書きやその他の教養を雨妹に与えてくれたのは、きっと尼たちが雨妹を公主だと知っていたからだ。いつか身分を明らかにできる時が来るのに備えて、教養を身につけさせようという思いが、尼たちにはあったのだろう。そして命さえあればいつか身分が回復できる時が来るだろうと考え、生き抜く力を与えてくれたのだ。それで言えば、静だって大公家の娘なのだから、あの時尼が考えた雨妹の身の上と、たいして変わらないだろう。

――それなら、私にできて静静にできないことを挙げていけばいいのかな？

そう考えた雨妹は、汁麺を食べ終えてお腹《なか》いっぱいだという顔の静に尋ねた。

「ねえ静静、読み書きはできる？」

「そんなものできないけど、それがどうかした？」

不思議そうに即答した静に、雨妹は「そっかぁ」と一人頷《うなず》く。これはまあ、想像通りである。

静は隠れ里という辺鄙《へんぴ》な場所で育ったというし、そこだと読み書きなんてほとんどの住人ができないだろう。加えて大公家の娘という身分であることを考えるとしても、身分ある家の娘とて、読み書きは家の教育方針によって教えたり教えなかったりとまちまちだ。事実、百花宮《ひやっかきゅう》に入る娘たちで、読み書きが最初からできる人数はそう多くないのだと、楊《ヤン》から聞いたことがある。

——もしかすると、宇《ユウ》さんの方は読み書きを教えられているのかもしれないけど。

静たちを育てた老師とやらが、双子たちを将来表舞台に出してやりたいと考えていたのであれば、教育を施すのは宇の方だろう。この国では立身出世は男性優位なのだから、男児の教育を優先するのは仕方がないことだ。逆に妙に賢い娘は悪目立ちすることとなりかねず、隠れ住んでいる身ではそうした理由からも、静に教育を施さなかったのかもしれない。

ちなみに辺境の村で妙に賢い娘に育った雨妹だが、悪目立ちができそうにないくらいにド田舎だったので、そうした問題は全く起きなかった。

「じゃあさ、ご飯は作れる？」

雨妹が次の質問をすると、静はこれまた即答した。

「麦と草を煮るくらいなら」

果たして、それは料理をしたと言えるだろうか？　「とりあえず腹を満たせた」というのと、「活力の出る美味しい料理を作った」は、全く同義ではない。

――けど、そんなものだよねぇ。

食糧事情があまり良くない里では、食事とは「腹に入れられるもの」でしかない。それは辺境の里でもそうだったので、よくわかる。むしろ辺境で妙に料理したがる雨妹が変な子どもであったのだ。

ともあれ、今の静の現状だと、読み書きと料理は必須《ひっす》だろう。特に食べられる食材のことを知っておかないと、いざという時に食料探しができずに飢え死にしてしまうのだから。それに自国の食文化を学ぶのも、教養の一つである。

――よし、まずは楊おばさんに相談だ！

ここ百花宮はとても広く、畑もあれば野草が採れる野山も敷地にある。畑や野山の方にできるだけ派遣してもらえるように、掛け合ってみることにしよう。あとは、なにか読み書きにちょうどいい教材があれば、手間が省けるのだけれど。そのあたりも聞いてみることにしよう。


というわけで、雨妹は部屋にお腹を休めている静を置いて、楊に相談しに行く。

それで言われたことはというと。

「文字見本を貸してやるよ」

楊曰《いわ》く文字を学ぶための教科書というのがあるらしく、それを貸してもらえることとなった。

「やっぱり、教材がちゃんとあるんですね」

自分で聞いておきながら感心する雨妹に、楊は「そりゃあそうさ」と頷く。

「出世したいなら読み書きは必要になってくるし、熱心な女官が教えていたりもするさね」

なんでも、比較的仕事が暇な時期になると、個人塾のようなものがあちらこちらで行われるそうで、これが案外女官たちの小遣い稼ぎになっているという。

——なんか、大学生の家庭教師のアルバイトみたい。

やはり世界が違っても、似たようなことが考えられるものらしい。

「文字見本は後で渡してやろう」

「お願いします」

こうして教材問題は解決した。

あとは、野草の勉強だけれども。

「それなら、医局が管理している畑がある。そちらの雑草抜きを請け負えばいいだろう」

楊から解決策が提示された。

「なるほど、あそこがありましたね！」

雨妹も陳《チエン》の手伝いで見たことがあるが、結構立派な畑であった。確かにあの畑ならば教材になりそうだ。さらに楊が言うには、山菜を採るためにあまり人の手を入れていない敷地があるそうで、そこを見学すればいいだろうとのことである。

——案外百花宮の中で、教育のためのあれこれが整っているんだなぁ。

しかし考えてみれば、皇帝の子は、ある程度大きくなるまでここから出ずに育つことだってあるわけで、そうなると外の世間を知るための教材を揃《そろ》える必要も出てくるだろう。ならば、あの杜は雨妹に無理無茶を言ってきたわけではなかったのだ。

けど、とりあえず今日のところはそうした実地勉強はまだお預けにして、その前段階の勉強をすることにした。

なにをするかというと、実際に学ぶ前に、「何故《なぜ》学ぶのか」を知ってもらうのだ。これから学ぶ内容がなんのための知識かを知らないと、おざなりに話を聞き流すだけですぐに忘れてしまい、結果として「なんの役にも立たなかった」なんてことになりかねない。

というわけで、基本の回廊掃除の合間の休憩にて。

「静静、今から『お勉強について』のお勉強をしましょう！」

雨妹は腕組みをして精一杯威厳のある態度を作り、そう告げた。

「は？　なにそれ？」

これを聞いた静は、「なにを言っているんだコイツは」という顔になる。

「静静には、これから読み書きのお勉強をしてもらいます」

雨妹の宣言に、静は「ええっ⁉」と嫌そうな声を上げる。

「読み書きなんて、ややこしいことをやりたがる奴《やつ》の道楽だろう？」

こんなことを言ってくる静だが、その言葉からこれまでの彼女にとって勉強とは自分がやることではなかった、ということが知れた。これは静個人の考えというより、おそらくは暮らしていた里の大人が言っていたのだろう。

──っていうか、辺境でも似たようなことを言われたしね。

つまり、雨妹のことを「道楽者だ」と揶揄《からか》っていたのだ。

この意見に、雨妹は反論する。

「けど、静静の言う読み書きっていう道楽を、ダジャさんがやっていたから、静静はダジャさんと拙いながらも言葉を交わせたってことじゃない？」

「そりゃあ、そうだけど……」

反論できないが、それでも納得しかねるといった静に、雨妹は畳みかける。

「それにさ、都までの旅の間に『読み書きができたらなぁ』って感じたことは、全く、これっぽっちも、本当になかったのかな？」

「……」

この沈黙はすなわち、「あった」という答えであろう。

黙り込んで俯《うつむ》く静に、雨妹はさらに言う。

「読み書きができないということは、商品に値札がついていても読めないし、なにかを調べたくても、どこかに保管してある過去の記録も読めないってことでしょう？　そうなると商品の値段だって、調べものだって、誰かが口で教えてくれる内容を信じるしかないわけ。そこで質問します。静は、世の中の全員が本当のことを喋《しゃべ》ってくれる真心の持ち主だと思う？」

この問いに、微《かす》かに顔を上げた静は苦い物を飲み込んだような顔になる。

「……思わない、嘘《うそ》つきは大勢いる」

そして、やっと絞り出すようにして答えた。今まで、そうやって騙《だま》されたことが何度かあったのだろう。

この答えに、雨妹は「うんうん」と頷く。

「そうだよね、正直な人もいるけど、嘘つきだっている。読み書きができるって、嘘を見抜く道具を一つ手に入れるってことだよ。まあ、読み書きができれば嘘に騙されることが全くなくなるわけじゃないけどね？　少なくとも、簡単な嘘に騙されることはうんと減ると思う」

「そうかなぁ？」

それでも静《ジン》は疑わしい態度だ。

「だって、宇は読み書きができるけど、嘘に騙されやすいんだ」

素直でなんでも信じやすい人というのは、世の中には居るものであるが、静の双子の弟はそうした性格であるようだ。やはり宇には勉強を仕込まれていたらしいが、その勉強をしている身近な人が、静に悪い印象を植え付けてしまっていた。

「そういう人は、騙されないための道具が読み書き以外にも、もっとたくさん必要になるかな。信頼できる周りの人と仲良くする方法とか、そもそも嘘つきを身近に来させない方法とか」

雨妹がそう説明すると、静はちょっと考えてから「そっかぁ」と息を吐く。

「老師がいつも宇にたくさん勉強をさせたがったのは、宇が嘘つきにいじめられないためだったのかぁ」

静が妙な納得の仕方をしたが、今はそれでよしとしよう。

「しかもこの読み書きっていう道具は、頭の中にしまってあるものだから、誰かに盗《と》られちゃう心配もない。ね、すっごい道具だと思わない？」

「う～ん、わかったような気がしなくもない」

雨妹の熱心な訴えに、静から先程よりも若干前向きな言葉が出た。どうやらやる気が芽生えてきたらしいので、この隙を逃してはならない。

「というわけで、静静《ジンジン》はこれから読み書きの勉強をしましょう！　そして、食べることの勉強もします！」

雨妹が告げた言葉の後半を聞いて、静がギョッとする。

「えぇ～、朝に頑張って食べたじゃん！」

どうやらもっとたくさん食べさせられると思ったらしい静に、雨妹は「そうじゃあなくて」と否定する。

「自分が食べているのはなんなのか？　っていうことを勉強するの。静静、食堂の食事にびっくりしなかった？」

この雨妹の問いに、静が即答するには。

「なんであろうと、食べられるものを食べられる時に食べるのが、生き残る知恵だってダジャが言っていた」

「そっかぁ、ダジャさんかぁ」

この言葉に、雨妹はなんとも言い難い表情になる。まあ、この教育も間違いではないのだけれども。

　──ダジャさんの教育って、ちょっと過酷な環境に寄りすぎだよね。

　軍隊の教育をさせたらすごい人なのだろうが、普通の子どもを育てることへの向き不向きはどうだろうか？　そして、だから静は出された食事の量に不満はあっても、その他に文句を言わなかったのかと、今更ながらに気付く。

　──もったいない！　新しいご飯との出会いをふいにしちゃっているよ！

　食べたことのない食事を目の前にしての「なにこれ⁉」っていう驚きが、食事を楽しくするというのに。

　雨妹はとりあえず、ダジャの教えの軌道修正を試みた。

「うん、生きるためにはなんでも食べないとね、それは正しいよ。本当になにも食べるものがない時は、木の根っこでもそこいらの草でも、なんでも食べて生き残るっていう気持ちは大事！　けどね、食べるのにそんなに困っていない時にもそういう感じでやっていたらさ、食べるっていうことが楽しいことじゃあなくなっちゃうよ？」

　ダジャの言ったことをばっさり否定してしまうと、静が「嘘を言われた！」と人間不信に陥ってしまうかもしれない。なので彼の意見を肯定しつつも、その先について語る。

「……？」

　すると静は、不思議そうな顔をするばかりだ。でも雨妹はそれがどうしてなのかも、なんとなくわかる。それは辺境の里でも、似たような反応をされた経験があるからだ。

――たぶん静静は、「美味しい」っていうことがどういうことか、わからないんだ。

貧しい里に生まれ育ち、食事とはすなわちギリギリ命を繋《つな》げられる程度の粗食である生活が当たり前だと、食べることは「ただ腹が満ちればいい作業」になってしまう。食事は「まあ食べられるもの」と「食べたくもないもの」に分けられる。より美味しいものを食べたいという工夫は、そもそも「この食事は不味《まず》い」という認識がないとできないのだ。すなわち他の食事を食べたことのある者しか、やりようがないのである。

そして静は都に入るまで、食事とは最低限の粗食しか知らず、だからダジャの教えは特別過酷なことではなく、静のこれまでの生活を肯定したものというだけの認識なのだろう。

――「美味しい」を教えるって、なかなか難しいんじゃないの？

雨妹はここにきて、意外な難問に突き当たってしまった。

「あ、でもさ」

するとそこで、思い出したように静が声を上げる。

「ここの食事ってさ、量はすっごい多かったけど、食べやすいんだよね。飲み込むのに『うえっ』てならないし、後で水をがぶ飲みしたくなることもない」

カラッとした表情で告げる静に、雨妹は目に涙がにじみそうになった。

――今までどんなものを食べていたの、静静！

ダジャとの食事は、旅をしていたので保存食であっただろうことを加味するとしても、老師とやらは里では一体どんなものを食べさせていたのか？　そもそも静の暮らす里では、少しでも食べやすくしようという工夫はしないのか？　辺境の里でだって、さすがに少しでも食べやすいものを作るという工夫くらいはしていたというのに。

雨妹は真剣に、苑《エン》州の人々の暮らしぶりが心配になってきた。静のいた里が特別無頓着《むとんちゃく》だったのか？　はたまた苑州全体で食生活とはそういうものなのか？

──気になる、すごく気になる！

しかし今はとりあえず、静が「美味しい」へのとっかかりを掴《つか》んでいたことが大事である。

「静静、その食べやすいとか、嫌な味がしないっていうのを、『美味しい』っていうんだよ？　私はね、食べるものならせっかくだから、『美味しい』状態に工夫して食べたいなって思うの。だってその方が、食事が楽しいでしょう？」

雨妹が苦悩を隠して静にそう話すと、静は「そっかぁ」と声を漏らす。

「私もその『美味しい』っていう食べ物なら、食べるのが嫌じゃあないよ」

これはすなわち、これまでは食事が嫌な作業だったということで、道理で静が痩《や》せているわけである。

雨妹はさらに言う。

「食べ物を『美味しい』っていうように変えるのって、案外ちょっとした工夫だったりするの。そのちょっとした工夫を静静が知っていたら、いつだって食べ物を『美味しい』に変えられるようになるってこと」

「へぇ、そりゃあすごいや」

ここにきてやっと、静から食事についての前向きな発言が出て来たことで、雨妹は「よし！」と一人頷《うなず》く。

「あとは、どんなものが食べられるのかとか、行ったことのない場所で食べられているのはどんなものかとか、そういうことも勉強するの。そうしたら知らない土地を旅していて、うっかり変なのを口に入れて、お腹を壊したりせずに済むでしょう？」

雨妹の説明に、静は「ふ～ん」と相槌《あいづち》を打つが、先程までの拒絶は見せなかった。これを逃すまいと、雨妹は畳みかけるように話す。

「どこに行っても自分で食材を得て美味しく料理して食べられたら、食べるのに困らなくなる。そうすると、世の中の困難の半分は解決したも同然じゃない！　お腹がいっぱいになれたらね、たいていの不幸はどうでもよくなるものなの！」

拳《こぶし》を突き上げて力説する雨妹に、静がちょっと仰《の》け反《ぞ》る。

「そんなものかな？」

「そういうものなの！」

不思議そうにしている静に、雨妹は力強く断言した。

「だから、静静がこの先どこでどんな風に生きていこうとするにしても、勉強したことは必ずその時の静静の役に立つ。だから未来のいつかの静静のために、今の静静が頑張ろう？」

雨妹が静の前にしゃがんでその顔を覗《のぞ》き込むと、彼女は真面目な顔をしていた。

「……わかった、自分のためっていうなら、やる」

静が頷いたので、お勉強の第一関門突破である。

「うんうん！　せっかく後宮なんていう場所に入れたんだから、できることは全部しないと損！」

雨妹がそう言ってニパリと笑うと、静も釣られるようにふにゃりと笑った。

「へんなの、雨妹の話を聞いていると、世の中っていうのがすっごく良いものだっていう風に思えてくる」

静が子どもらしからぬことを言ったのがなんだか悲しくて、雨妹は眉《まゆ》を下げる。

「……今までは、良いものだって思えなかったの？」

尋ねられた静が、「う～ん」と考える。

「良い悪いっていうんじゃなくてさ、なんだろう、喧嘩《けんか》相手？『世の中は気を抜いたら負けるんだ』って老師もダジャも言っていた」

これまた、夢も希望もない意見である。それも真理の一つではあるのだろうが、それをまだ年端も行かない子どもに教えるのはどうだろうか？　雨妹としては、やっぱり子どもには夢と希望にあふれた世界を想像してもらいたいのに。

――杜《ドゥ》様がダジャさんのことを駄目だって言うのは、こういうところなのかも？

言う事がことごとく悲観主義というか、「この先、生きていて良いことがある」という希望を、今のダジャ本人が抱いていないのかもしれない。本人が持ち合わせないものを、他人に教えるなんてできないのは当然だろう。

――よし、じゃあ私が静静に「楽しい」と「美味しい」を教えてあげるんだ！

雨妹がそんな決意に至ったところで、講義を兼ねた休憩を終えると、回廊掃除の続きだ。

掃除係初日はへとへとになっていた静だが、今日は疲れた様子ではあるものの、初日ほどのへとへとぶりではない。静がここへ来てほんの三日しか経《た》っていないのだが、やはりちゃんと食べて休めたことで、回復力が増しているのだろう。足の怪我《けが》も、陳に貰《もら》った薬が効いているのか、歩く力がずいぶんしっかりとしてきている。ちゃんと栄養を取って休めていれば、子どもの回復は速いのだ。

「うん、こんなものでいいかな！　この前よりも手際がいいよ、静静」

「そうかな、ふふ」

静は多少もたついていたものの、初日に雨妹が教えた手順でちゃんとできていた。雨妹が褒めると、静が嬉《うれ》しそうにはにかむ。

「よぅし、じゃあ掃除道具を片付けて帰ろう！　片付けまでがお掃除です！」

雨妹がそう号令をかけて、掃除道具と静を三輪車の荷台に乗せて帰る。

掃除道具を仕舞ってから新居に帰ると、家の前に人がいた。

「あれ？　立彬《リビン》様だ」

そう、立彬が雨妹宅の周りを色々見て回っていたのだ。

やがて立彬が、戻ってきた雨妹たちに気付く。

――うっ、今できるだけ会いたくないのに！

雨妹は静に関することを太子周辺に話さないように言われているが、こうした内緒事というのは案外難しいもので、言葉にしなければいいというわけではない。態度や目線で怪しさが露呈することもあるわけで、なので会わずに済むのが一番なのだ。

そんなわけで、立彬の存在に思わず身構える雨妹であったが。

「雨妹よ、あそこに大きな物を置くのは、死角になって危ないぞ」

その立彬がこちらへ挨拶《あいさつ》よりも先に、積んである籠《かご》を指差してそんなことを言ってくるのに、雨妹は気が抜けてしまう。

「それは御忠告どうも」

防犯の観点での助言に、雨妹はまだちゃんと置き場所を決めていなかっただけの籠を動かす。

――身構えすぎてもよくないよね。

雨妹は気分を切り替えて、いつも通りの平常心で行こうと試みる。

「静静、疲れたでしょう？　夕飯まで休んでいなって」

「うん、そうする」

とりあえず静《ジン》を立彬の前から避難させようと声を掛けると、静はやはり疲れていたのか、大あくびをして奥の部屋へと入っていく。

――とりあえず、これでよし！

雨妹は隠さなければならない人物をこの場から去らせたことで安堵《あんど》して、改めて立彬に向き合う。

「もしかして、引っ越し先の家を見に来たんですか？　立彬様も結構野次馬ですね！」

雨妹が普段から「野次馬根性が強め」だとからかわれているのを言い返してやると、立彬は「ふん」と鼻を鳴らす。

「それはそうだろう。今、陰ではひそかな噂になっているからな」

そう話す立彬に意味ありげな視線を周囲へ向けられ、雨妹はぐっと息を呑《の》む。静の動向を見張っている杜の手の者の気配を察知しているのかもしれない。平常心を保とうと努めていたのが、あっという間に吹き飛んでしまった。

――この間立彬様は、やっぱり簡単に誤魔化されてはくれなかったかぁ。

雨妹は今回の何《ホー》家に関するアレコレを、何家と仲が悪いらしい太子周辺に漏らすな、と李《リー》将軍から言われている。それで静を雨妹が世話することになって直《す》ぐに訪ねてきた立彬に、「田舎出身で遅れて来た新入りだ」と当たり障りのない話をして誤魔化したのだ。どうやらそれは、あまり成功してはいなかったらしい。

だがそもそもの話、雨妹ごときの嘘で騙《だま》されるようでは、太子付きなんて地位にはいないに違いない。けど、だからといってすぐさまお手上げするわけにはいかないので、「さて、これからどうするか」と考えていると。

「お前は、なにか聞きたいことはないか？」

唐突に、立彬に問われた。

「……はい？」

こんなことを言われると思っていなかった雨妹は、呆《ほう》け顔になる。

――聞きたいこと、聞きたいこと？

なにを聞けと言われているのかと、雨妹が首を捻《ひね》っていると、立彬が「はぁ」と息を吐く。

「お前の立場としては、疑問を覚えても方々で尋ねて回るわけにはいかないだろうが」

「いやぁ、えっと、そのぅ」

雨妹はなんと答えるのがいいのだろうか、と目をさ迷わせつつも頭をぐるぐるとさせるが、そこに立彬が続けて語り掛けた。

「私は、おそらく『あちらの方々』よりも有益な答えを出せるだろう。けれど、私からお前にはなにも尋ねない」

最後にきっぱりと断言した立彬に、雨妹は目を丸くする。

立彬はなんでそんなことを言ってくるのだろう？　それでは立彬にはなにも得がないではないか。

――それとも、誘導尋問とかでなにか情報を引き出されたりとか……。

雨妹が疑いの眼差《まなざ》しを向けるのに、立彬は静かな視線を返して来た。

「雨妹よ、秘密というものは、持ち慣れていないと心を病ませる」

「……！」

そして語られたことに雨妹がハッとすると、立彬が手を伸ばしてきて、頭巾《ずきん》越しに頭をポンポンと叩《たた》く。

「あの方とて、お前に完全な黙秘は求めてはいまい。肝心なことだけを話さなければいい、程度に思っていることだ」

「立彬様……」

つまり立彬は、なにかを聞き出そうとして来たのではなく、雨妹のことを心配してくれているのだ。

――なんだかんだで優しいんだから、もう！

雨妹は緊張を解いて、へにゃりと表情を崩した。

立彬のおかげで気が楽になった雨妹は、とりあえずせっかく新居を見に来てくれた立彬にお茶を淹《い》れようと、竈に火を入れる。立彬が差し入れに桃の香りがする茶葉をくれたので、早速試飲である。

お湯が沸くまでの間に、台所から卓代わりの木箱を持ちだすと表にひっくり返して置き、他の木箱を椅子代わりにひっくり返す。卓の方の木箱に布を敷いてそれっぽくしたところで、ちょうどお湯が沸いたので、木箱の卓でお茶を淹れると「どうぞ！」と立彬に席を勧める。

「うぅ～ん、いい香りのお茶ですねぇ。お腹が空く香りです」

「これは、母上が気に入っている茶葉だ」

雨妹がお茶の香りをくんくんと嗅《か》いでいると、立彬がそう説明してくれた。なるほど、彼の母、秀玲《シオウリン》のお気に入りとあれば、きっとお高い茶葉に違いない。そう思ってお茶を口に含むと、ほのかな甘みを感じる味がした。

「……ふむ、ずいぶん上手《うま》く淹れられるようになったな」

同じくお茶に口をつけた立彬がそんな風に言う。

「ふふん、これでも日々腕を磨いていますので」

雨妹のお茶の先生でもある立彬に褒められ、雨妹は思わず胸を反らせる。楊がお茶を飲んでいる時などに、たまにお願いして淹れさせてもらうのだ。自分一人だと白湯で済ませてしまうので、お茶を飲むには誰かと一緒である方がいい。

「けど、自分専用の竈って便利ですよねぇ」

「まあ、そうだろうな」

雨妹がしみじみと言うのに、立彬は木箱に座って頷く。

後宮はそこいらで勝手に火を焚《た》くことができない場所であるので、ある程度自由に扱える竈があるのは、特に寒い季節には嬉しいことだ。家の竈は小さなものなのだけれど、ちょっとお湯を沸かすというのにちょうどいいかもしれない。

「家具は足りているのか?」

「はい、昨日立派な敷物を差し入れしてもらっちゃいましたから、土間でも暖かいです!」

立彬の気遣いに、雨妹が我が家の快適さを自慢しようと胸を張る。

「……ほう、『立派な敷物』か」

立彬はそこが気になったようで眉を上げてみせたが、それ以上の追求はない。おそらく誰からの差し入れなのか、見当がついたのだろう。そしてそれはたぶん当たっている。

ともあれ、こうして温かいお茶で喉《のど》を潤したところで、雨妹は早速疑問をぶつけてみた。確かに今、誰かに聞きたいと思っていたことがあるのだ。

「立彬様、苑《エン》州の食糧事情ってそんなに悪いんですか？」

「ふむ、そのことか」

雨妹のこの疑問に、立彬はどう話したものかと思案顔で口を開く。

「食糧事情は悪いな。そもそも苑州は耕作に向かない岩山ばかりの山地であるし、何家をはじめとした州城の連中は庶民の暮らしに興味がない」

だから民がなにを食して命を繋《つな》いでいるのかなど知りもしないだろう、と立彬は述べた。なので、食うに困って州境を密《ひそ》かに抜けて青《セイ》州に逃れてくる者が多く出るのだそうだ。

――なにそれ！

あんまりな話に雨妹は目を見張るが、それでもさらに疑問を述べる。

「でも苑州って、ずっと東国と戦争をしているんでしょう？　戦争をするのは兵士の人たちで、その人たちのご飯は大事じゃないですか！」

その東国と癒着があったという事実がこの頃発覚したとはいえ、それでも国境が戦争状態だという認識は、庶民にはあったはずなのだ。ならば、戦争をしているのだと演じて見せる必要があるわけで、そのためにも食糧確保は必須《ひっす》であろう。腹が減っては戦ができぬと、昔から言うではないか。

しかし、これに立彬が答えるには。

「州城の連中は戦場には立たぬからな、兵士は霞《かすみ》を食っているとでも思っているのではないか？」

なんとも憤慨ものの意見に、雨妹は目を吊《つ》り上げる。

「そんなわけないでしょうが！」

「私に怒るな」

思わず木箱から立ち上がって怒りの声を上げる雨妹に、立彬が冷静にそう返してくる。

――むむぅ、許せん！

雨妹は怒りが腹の底からふつふつと湧き上がるが、しかしその一方で、前世でも似たような話を聞いたことを思い出す。

世界を巻き込んだ戦争が長くなると、色々と物資が足りなくなるもので。そうなってきたら、偉い人から兵士に「飯はないが、気合で勝て！」というような無茶なことが言われていたのだとか。気合だけで勝てるとしたら、戦争で負ける国なんて出ないだろうに。

つまり戦争状態を容認するようなお偉いさんは、世界を違《たが》えても頭の中身は同じということらしい。

それに、雨妹は苑州の人々のことを、なんとなく想像できた気がした。

――皆、諦《あきら》めちゃったんだなぁ。

苑州の人たちは食料を工夫しないのではない。より良いものを食べたい、暮らしを良くしたいなど、「欲を持つこと」を諦めたのだ。だから子どもたちにも、妙な欲を持たないように教え込む。それが生きていく術《すべ》なのだ。

そうやって育ったのが、静であろう。

そんな彼らの生き様を想像すると、雨妹はなんだか悲しくなってきた。

「先の人生を想像してワクワクできないって、すごく寂しいことじゃあないかなぁ」

雨妹はすとんと木箱に座り直すと、しゅんと俯《うつむ》いてぽつりと呟《つぶや》く。

雨妹自身だって、都暮らしの人から言わせるとかなり過酷な生活だっただろう。けれど雨妹は「辺境の里の外はどんな世界が広がっているのだろう」と妄想を広げ、いつかそれをこの目で見に行くのだという希望にあふれていた。妄想からのワクワクこそ、幼い雨妹を生かした原動力ともいえる。

けれどそのワクワクを教えられることなく、物心ついた時から「この先なにもいい事なんてない」と吹き込まれて育つなんて、なんて寂しいことだろうか？

立彬は雨妹がどのようなことを考えたか想像できたらしく、大きく息を吐く。

「怒ったり落ち込んだり、忙《せわ》しない奴め。だが、そのお前の相手を思う心のほんのひとかけらでも、苑州の州城の連中にあれば、事態は変わるのだろうな」

立彬はそう言うと、竈からまだ温かい湯を持ってきてお茶を淹れ直してくれた。雨妹が顔を上げてその温かいお茶を飲むと、悲しい気持ちも幾分か和らぐ気がした。

そんな雨妹を見て、立彬が話を続ける。

「それに、私もお前の意見には同意する。そのようなもの、実につまらん生き方だ」

「……そう思いますか？」

どちらかというとお偉いさん側の思考を持つであろう立彬が同意してくれたのに、雨妹は少々身を乗り出した。

「ああ。剣の腕を鍛え、学問に励めば太子殿下のお役に立つのだと、私とて幼い頃よりそのような未来を夢見ればこそ、辛《つら》い修練にも耐えられたのだ。そのように己を引き上げる夢を見ないで暮らすとは、なんと張り合いのない生き方だろうな」

立彬は東の方の空を眺めながら、そのように語る。

「そうですよね、そうなんですよ！」

雨妹は大きく頷《うなず》く。

欲というのは目の前の小さなものから広がり、次に「やりたいことをしたい」とか「行きたい場所へ行きたい」とか、壮大な欲が広がっていくのだ。

「だから、些細《ささい》な欲ですけど、『もっと美味しいものを食べたい』っていう気持ちって、すごく大事だと思います！」

「まあ、お前の欲はそこに集束するのだろうな」

握りこぶしを突き上げる雨妹に立彬は呆《あき》れ顔《がお》であるが、「食べたい」という小さな欲は、大きな野望の大事な第一歩なのである。「美味しいものを食べる」というささやかな欲であっても、その奥深い世界を苑州の人々は知るべきだ。美味しくするためのちょっとの工夫をしないだなんて、食べ物に対して失礼極まりないのだから。

——まずは、静静《ジンジン》に美味しいものを食べる楽しさを、教えてやらなくっちゃ！

思えば静《ジン》は「都へ行って皇帝に会う」という野望を抱いてここまでやってきて、本人も知らない間にそれを叶《かな》えた。すなわち静は欲を諦めてしまった苑州の人々の中でも、欲が強い方なのかもしれない。ならば、あの静の欲望を強化してやることで、それが苑州の人たちに影響して、皆でもっと欲まみれになってしまえばいいのだ。

「よし、まずは静静を美味しいものにまみれさせてやるんだから！」

「それは、本人に胃袋と相談させてやれ」

雨妹の熱意は、しかし立彬にそう釘《くぎ》を刺されたのだった。

＊＊＊

「ただいま戻りました」

雨妹の様子を見に行っていた立勇《リーヨン》が太子宮に戻ると、明賢《メイシエン》は秀玲に淹れてもらったお茶を飲んでいるところだった。

「お帰り。こちらに座って、一緒にお茶を飲もう」

明賢が手招きしてそう誘ってくる。

「ありがたいお言葉ですが、今しがたお茶を飲んできたばかりですので」

けれど立勇はそう言うと申し訳ない顔をして、これを辞退した。実のところ、雨妹の家からの移動の間に、飲んだお茶なんてものはとっくに身体の中で消化されている。だが、今明賢と長話をしないための方便であった。

——命令を遂行したとは言い難いからな。

立勇としても、最初は雨妹に普通に話を振ってみて、相手が話さないならそれはそれでいい、くらいに考えていたのだ。けれど顔を合わせたとたんの、あのいかにも「身構えています」という表情を見て、なにも聞けなくなってしまった。なにも聞かずとも、雨妹がなにか大事に巻き込まれていることくらい、察せられる。これ以上重荷を増やしてどうしようというのか？

明賢に誤魔化しを言いたくないが、雨妹からの情報をこれ以上求められたくない。立勇がそうした気持ちの狭間《はざま》で出した答えが、「とっととこの場から逃げる」であった。

これに明賢は「そうかい？」と首を傾《かし》げただけで、すぐに引き下がる。

「雨妹の家はどうだった？」

次いで早速尋ねてきた明賢に、立勇は内心で構えつつも口を開く。

「さすがに部屋の中までは確認しませんでしたが、台所は物が揃《そろ》っていましたし、聞くところによると暖かい敷物など『十分な差し入れ』があったようでした」

「そうか、『十分な差し入れ』があったのなら、まあ安心かな」

明賢が立勇の言わんとすることを察したらしく、苦笑している。

「今回は急な人事のようですし、入用の物を揃える暇もなかったでしょうから、そうした点での配慮もあるのかもしれませんわね」

秀玲も思案気にそう意見を述べた。

立勇もなにか不足があれば後ほど差し入れるつもりでいたのだが、今のところ特に困っている様子はなさそうだ。それにせっかくの新居なのだから、今から自分で色々と作ったり集めたりして、好みの空間に整えていく楽しみもある。配慮を先んじるあまり、その楽しみを雨妹から奪ってしまうのもよくないだろう。なにしろ物置を部屋に改造してしまった娘なのだから。

一方で、立勇の選んだ差し入れだが。

これまで雨妹への差し入れといえば、とりあえず食べ物を選べば外さないという認識だった。だが雨妹の下についた新入りのやせ細った身体を見るに、どうやらあちらは食べるのがあまり得意ではないようだと考えて、今回は茶葉にしたのである。そしてその選択は正解だったようで、立勇の戻り際に見送りに部屋から出て来た静という娘は、「饅頭《まんじゆう》ではなかった」とあからさまにホッとしていた。

——さて、粗食しか知らない苑州の者に、雨妹がどれだけ食欲を仕込めるものかな。

きっと雨妹は苦労することだろうと、立勇は内心で懸念する。立勇は都育ちとはいえ、そのあたりの事情は故郷の者からよく聞かされているし、里帰りをした際に州境を抜けて来た者を見たこともあった。死人と紙一重な身体つきを見て、絶句したものだ。

立勇がそんなことを考えていると。

「それで、例の新入り宮女の素性は、少しは知れたのかな？」

いよいよ明賢が核心の疑問を持ちだしてきた。これに、立勇は不自然に思われないように思案するような間を置いてから、答えを述べる。

「雨妹の『あの娘をひとかどの人物に育て上げよう』という心意気は、見受けられました」

「ふぅん、なるほど？」

立勇の言葉に、明賢は頷いたものの心底納得した様子ではない。

——これ以上会話を続けるのはよくないか。

「では、所用にて台所の様子を少々見て参ります」

立勇は不自然を承知の上で、強引に会話を切って立ち去るのだった。


立勇が去った後の室内では。

「息子を深く追及せず、よろしかったのですか？」

秀玲《シオウリン》が立勇の足音が聞こえなくなってから、明賢にそう声をかけた。これに明賢は苦笑する。

「おそらくは、新入りを危険な存在だと感じなかったのではないかな？　急いで排除に動くようなことはしなくてもいいと、そう判断したのだろう」

「まあ、そうなのでしょうけれど……」

明賢がそう言ってみせた一方で、秀玲は不服そうだ。息子が主《あるじ》の望む回答を持ってこなかったことが、納得できないのだろう。

「ああいう顔をしている時の立勇は、そうそう口を割らないよ」

明賢とて、あの乳兄弟であり幼馴染《おさななじみ》である男の性格くらいわかっているつもりだ。

そもそも明賢は、今回あの新入りについての情報が、簡単に手に入るとは思っていない。

「これも父上からの試練だろうね。『情報をなんでも安易に与えてもらえると思うな』と言われているんだろう」

明賢がそう述べると、これを聞いて秀玲は表情を引き締めた。

今回の季節外れの新入りについて、不思議と明賢の元へ情報が上がるのが遅かった。皇帝・志偉《シエイ》の側近である秀玲の夫、解威《ジエ・ウエイ》とも、情報のやり取りが難しくなっていて、明らかになにかを隠されているという気配がする。

その理由に、明賢はおぼろげながら想像がつく。

——おそらくはその娘、何《ホー》家の者なのだろう。

明賢の母の生家である青州伊《セイ イ》家には、何家への恨みを捨てきれない者が多い。その恨みをつって内乱へと雪崩《なだ》れさせないためにも、こちらへの情報開示に慎重になるのは、仕方のないことだろう。

そうした秘匿された情報を集めるためには、影たちの存在が重要になる。

これが志偉の影たちであれば、腕っぷしはもちろん、情報を集める腕も優れている。しかしあの影たちは、志偉が育て上げた、志偉のためにしか動かない組織だ。明賢が父の跡を継いで即位する時には、彼らはおそらく明賢の傍《そば》にはいない。なので、明賢は彼らと同等の影を育て上げないといけないのだ。

そんな明賢の影たちを動かして情報を集めたところ、あの新入りの娘を引き入れたのは李《リー》将軍だということは掴《つか》んだ。そして新入りの存在が確認される直前、李将軍は雨妹のお供で宮城の外へ出かけている。おそらくは雨妹の外出にかこつけての、城下の視察が目的だったのだろうけれども。

普通に考えて、その視察でなにかあったと見るべきだろう。

それに、李将軍は戻る際に「貴人のお忍び」を同行させていたという。一緒に出かけていた雨妹であれば、これについても詳しく知っていることだろうが、今回立勇はその話をしなかったようだ。

――立勇は敢《あ》えて情報を集めてこなかったので、答えられる情報がなかったのかもしれない。

明賢は立勇のあのあからさまな誤魔化しを、そのように判断する。きっと立勇は雨妹へ根掘り葉掘りと聞き込むことは双方のためにならないと、そう感じたのだろう。ああいう思いやりこそが、幼馴染という気軽さ以上に立勇を重用する理由でもある。己の利を優先するあまりに、それが原因で他人との関係を壊してしまっては、先々良い事にはならないのだから。

これがどんな状況でも冷徹に利を追求する人物だとしたら、明賢としては仕事を頼むだけならば便利だろうが、常に傍《そば》に置こうと思わない。そうした者は利がなくなればあっさりと裏切るからだ。

けれど、ああした立勇の優しさが、志偉から立勇が八つ当たりをされる理由だろうけれども。志偉にとって立勇は、雨妹という愛娘《まなむすめ》にたかる現在最もうっとうしい羽虫に違いない。なにしろ雨妹は宮女であって、公主ではない。ゆえに身分差というものへの障壁が他の公主よりも低く、立勇は十分に釣り合うのだ。いや、むしろ宮女と太子付きの近衛《このえ》では逆の身分差があるのだが、それでも過去に例がある範囲内だ。

「やれやれ、難儀なことだよ」

「……？」

明賢が思わず漏らした呟きに、秀玲は「なんの話だろうか？」と不思議そうにするのだった。

第二章　遊んで食べるのが子どもです

立彬《リビン》に話を聞いてもらえた雨妹《ユイメイ》は、この日の夕食時には心が軽くなった思いだった。

雨妹は今までだって、別段重く悩んでいたわけではない。けれどやはり、心のどこかで身構えていたのだろう。その身構えが解けて、「別に難しく考えることはないんだ」と割り切ることができるようになった。

――っていうか、内緒事だったら看護師をしていた時にもあったじゃないの。

患者の個人情報を外で話さないことや、病名を家族もしくは本人に告げるかどうかなど、そうした「秘匿事項」には、己はある意味慣れているではないか。少々周りの雰囲気に流されて、真剣に考えすぎていたのかもしれない。

おかげで今、夕食に「美味《おい》しいものを食べるぞ！」という気分で挑めるので、立彬には感謝である。心の底から美味しく食べないと、食事に失礼だろう。

「美娜《メイナ》さぁん、大盛りで！」

心が軽くなった雨妹は、ついでに食欲も増したので、夕食を多めに注文してしまった。

「はいよ阿妹《アメイ》、たぁんと食べて疲れをとりなよ！」

美娜からそう言って渡されたのは大盛りのご飯と、今日の主菜の水餃《シユイジヤオ》、つまり水餃子《すいぎようざ》である。

茹《ゆ》でたての水餃はお腹《なか》から温まるので、寒い時にはより美味しいものである。

「阿妹、なんだか機嫌がよさそうじゃないか」

「そうですか？　そうかも」

そして美娜に指摘されるくらいなので、今の雨妹の心の軽さが表情に出ているらしい。

「それで、アンタも大盛りかい？」

「いや、むしろ小盛りで」

次いで美娜から尋ねられた静《ジン》が、雨妹の後ろで即答している。

こうして雨妹たちは食事を持って隅の方の卓へ着くと、向かい合って座った。すると静は目の前の料理を観察する体勢である。

「静静《ジンジン》、水餃を食べたことある？」

「これ、水餃っていうの？　食べたことない」

雨妹が尋ねるのに、静はふるふると首を横に振った。「そうかもしれない」と雨妹としては思っていたが、やはりである。もしかして苑《エン》州の人は生で食べるか焼くか茹でるかという、良く言えば「素材の味を楽しむ」調理法しかしていないのではないか？　という懸念すら持っていた。

ともあれ、ここですかさず雨妹は訴える作戦である。

「さぁさ、まずは食べてみてよ。温かくて美味しいんだから！」

「そうなんだ」

雨妹の言葉に、静はしばらく水餃をしげしげと見てから、茹でたてあつあつを箸《はし》でつまむ。これをふぅふぅと息を吹きかけて冷ましてから、口へ入れたところ。

「んっ、プルプルしている……っていうか熱い！」

冷まし方が足りなかったのか、後からきたらしい熱さをハフハフして冷ましている静に、雨妹は「ふふっ」と笑う。

「熱々が美味しいんだけど、口の中を火傷《やけど》しないように気を付けてね」

「それ、先に言って……」

雨妹の忠告に、静がしかめっ面をしているけれど、これは一度経験しないと熱さ具合がわからないだろう。

続いて雨妹も水餃をフゥフゥとしてから頬張る。水餃の中からしみだす餡《あん》の汁は、なんとも幸せな味がする。

「うん、美味しい～♪　まだまだ気候も冷えるから、こういうのがいいよねぇ」

「確かに、寒いと温かい食べ物は嬉《うれ》しい……美味しい」

静が「美味しい」と言い直したのが、まるで覚えたての言葉を使いたがる子どものようで、なんだかほっこりした気分になる。

「この水餃はね、余ったら明日の朝食で炸餃子《チャジャオズ》っていって、揚げられて出てくるんだよ。それだって美味しいんだから！」

「へぇ、同じ食べ物でも違う食べ方があるのか」

雨妹がそう教えてやると、静が目を丸くして驚く。餃子はどのようにも変化自在な万能おかずだし、なんなら今度一緒に作ってみるのもいいだろう。

こうして、雨妹と静が美味しく水餃を食べていると。

「小妹《シャオメイ》」

「はい？」

楊《ヤン》に声をかけられ、雨妹は卓から顔を上げた。

「ほらこれ、例のものだよ」

そう告げる楊は手に包みを持っていて、それを雨妹たちの座っている卓の隅に置く。

「なんでしょうか？」

雨妹が早速その包みを開くと、中には文字手本と、多用する単語を集めている本があった。なんと、もう手配してくれたらしい。

「わぁ、早速ありがとうございます！」

「あぁ……」

思ったよりも早かったことに、雨妹が笑みを浮かべる一方で、静が不安そうな顔になるのはおそらく、勉強というこれまで経験のないことに挑むからだろう。

そんな静をちらりと見て、楊が言う。

「勉強っていうのは勢いも大事だからね、思い立った時にやる方がいいのさ。うだうだとしていると、やらない理由ばっかりを思いつくからね」

「確かに、そういうものかもしれませんね」

「うん、まあ……」

雨妹も納得して頷《うなず》くと、静は心当たりがあるのか俯《うつむ》く。さすが、これまで監督者として大勢の宮女の面倒をみてきた楊であり、言葉に説得力がある。

「筆と木簡の束は、最初だけつけておいてやったよ。あとは自分で用意しなよ」

「はい、わかりました！」

しかもオマケをつけてくれた。筆と書き付けのための木簡は買う必要があると思っていたので、筆記用具まで用意してもらえたとは至れり尽くせりだ。墨と硯《すずり》は雨妹が自分で持っているので、これで早速今日から文字を書ける。

「ようし静静、戻ったら早速文字を書いてみようか」

「うへぇ、わかったよ」

静は勉強が必要なのだとうっすらとわかりはしても、やはり未知の苦労は怖いのだろう。嫌々半分ではあるが、それでも逃げ出さないのは立派であるのだけれども。

ここで、雨妹の脳裏にふと疑問が浮かぶ。

――いや、そもそも静静の人生の選択肢に、「逃げる」っていう項目があるのかな？

なにせこの静は、過酷な山越えをしてしまった子どもなのだ。里で暮らしていた頃の育ての親の老師とやらが、そうした面で臨機応変で柔軟な生き方を授けていたとは、あまり思えない雨妹である。

ダジャの方が教えている可能性もあるが、果たしてあの男は逃げることを良しとする生き方をしてきたのか？　先日の杜《ドゥ》の言い方だと違うように思えた。

そうなるとこれまでの静の周囲には、猪突猛進型《ちょとつもうしん》しかいなかったことになる。だとしたら、静が「思い込んだら一直線」的な考え方しかできないのも、頷ける話だろう。

このままだと静の未来は、杜が心配するような「死に急ぎ」一直線ではないだろうか？

――そんな未来はダメダメ！

雨妹は嫌な想像を振り払うように、ブルブルと顔を振る。

人生とは急がば回れ、寄り道上等くらいでいくのが丁度良いのだ。雨妹が前世で華流ドラマに没頭したように、静もなにかに没頭できる趣味を持てば、きっとこの先の人生の選択肢だって広がることだろう。

「静静、なにが好き？」

そんな色々な気持ちが整理しきれなかった雨妹は、思わず聞きたいことを色々とすっ飛ばしてズバッと口にしてしまった。

「は？」

すると当然、静は「なにを言っているんだ？」という怪訝《けげん》顔である。おまけに急に顔をブルブルと振りだすという奇行に、身を引き気味だ。

雨妹の方こそ、猪突猛進な質問をした形になってしまった、ダメ先輩であるらしい。

「小妹、話が唐突過ぎるよ」

雨妹たちの様子に、楊が呆《あき》れて指摘してくる。

「まあ、お前さんが心配するのもわかるけどねぇ」

しかしどうやら楊は、雨妹が言いたいことを分かってくれたらしく、そう言って息を吐く。楊の方にも、この静の身の上のおおまかな情報が入っているのかもしれない。

――静静になにかあったら、責任を取ることになるのは楊おばさんだもんね。

きっと万が一の際にも楊が酷《ひど》いことにならないように、上の方で取り計らってくれるだろうが、それでも危険を背負い込んでいることには違いない。これは雨妹が先導してのことではないし、むしろ自身とて巻き込まれた形であるのだけれど、余計な危険を持ち込んだと申し訳なく思う気持ちはある。

このように雨妹がしょんぼりしていると。

「そんな顔をしなくていいよ」

楊がそんな雨妹の肩をポンと軽く叩《たた》いてから、静に語りかけた。

「例えば、この小妹は小物を作るのが好き。そしてあっちにいる台所番の美娜は、新しい料理を考えるのが好き。そういう趣味、好きな行為がお前さんにはあるのかって、小妹はそう尋ねているんだよ」

「そう、そうなんです！」

さすがの楊が的確に説明してくれたので、雨妹は何度も頷く。

「う～ん……」

けれど、なおも静は怪訝そうにしている。

それはすなわち、今までこのように考えたことも、誰かに尋ねられたこともなかったということなのかもしれない。静が暮らしていた里が、それだけ生きることに必死にならないといけない環境だったということなのだろうけれども。

――息抜きの娯楽くらい、考えてやってもいいでしょうが！

雨妹の場合は、教育だってそれなりに尼たちによって厳しくなされたが、気晴らしの石蹴《いしけ》り遊びに付き合ってくれて、尼たちは子ども相手に本気を見せて結果大負けさせるという、大人げないことをしてくれたものだ。それがもう悔しくて、幼い雨妹が石蹴りの練習に熱くなったのはいい思い出だ。

それはともかくとして。

静の場合、そうした余裕を里の大人の方こそ持っていなかったのだろう。雨妹としては、そんな里での暮らしぶりを不憫《ふびん》に思いはするけれど、済んでしまった静の過去を憐《あわ》れんでも仕方ないことだ。

――大事なのは、静静が今これからどうやって、楽しく愉快に人生を乗り越えて行くか、っていうことだもんね！

それに、今ここから静はなんだって始めることができるのだから。

「静静、趣味っていうのは自分が楽しむための行為なんだよ。やっていると、時間も忘れて熱中しちゃうの」

「楽しむ……」

雨妹にもこう言われ、静はしばし考え込んでから、「そうだ」と呟《つぶや》く。

「昔、宇《ユウ》と一緒になってやっていたことなら、ある。時間があっという間に過ぎて、外が暗くなって慌てたっけね」

そう話しながら、静が「ふふっ」と笑う。

——静静、笑った！

これに、雨妹は目を見張る。

静はこれまで使命感に駆り立てられているかのように、難しい顔ばかりをしていたのだけれど、今の表情は優しく、柔らかいものだった。やはり双子の弟というものは、静の心を揺さぶる特別な存在だということだろう。

とにかく、静にもちゃんと息抜きの趣味があったのだ。

「それだよ、それ！　なにかの役に立つかって言われると、立たないかもしれないんだけどさ。やっているとなんか楽しい、そういうことだよ！」

雨妹が身を乗り出すようにして告げるのに、静は「そっかぁ」と頷く。

「たくさんの石を使って遊ぶんだ。宇が勝手にやり出したことで、老師からは『石なんて集めて邪魔だ』って言われたりしたけど、そうだ、宇も私もアレが好きだ。簡単なのに、難しいんだから」

どうやら石を使って行うことらしいので、それならばどこでだってできるだろう。

「へぇ、興味あるから、後でやってみようよ。静静、教えてくれる？」

「うん、いいよ」

というわけで、雨妹たちはまだ日暮れの日差しが残る中で外の石を拾って、静《ジン》がやっていたという遊びをしてみることにした。

まず雨妹たちがやったのは、石拾いだ。

静曰《いわ》く、宇とやっていた遊びというのは、石がたくさんあった方が面白いのだという。別に石の形に拘《こだわ》りはないけれど、できれば手でつまみやすいものがいいらしい。

というわけで、雨妹はあまり整備されていない石がたくさん転がっている辺りに行って、静と石拾いをする。

「うん、まずはこれくらいでいいかな」

静が石集めに満足したところで家に持ち帰って、次にやるのは泥作りだそうだ。

「泥をどうするの？」

雨妹は言われた通りに泥を作りながら、使い道がわからずに尋ねる。これに静が答えるには。

「こうやって、石の片方だけ汚すんだ」

静はつまんだ石をそっと泥につけると、汚れ具合を確認してから、また次の石を泥につけていく。

「へぇ、なるほど？」

よくわからないながらも、雨妹も真似《まね》をして石を泥につける。

そうやって、片方が泥で汚れて、片方がきれいなままの石が出来上がっていく。全ての石に泥をつけ終えたら、静は家の表に木の枝で格子状の模様を描き、その格子内に石を綺麗《きれい》な面と泥の面とを交互に四つ四角に並べた。

「ここからは簡単！　お互いに綺麗な石の方でやるか、泥の石の方でやるかに分かれるんだ」

そう話す静が泥側を表にした石で、綺麗な側の石を挟むように格子模様の中に置く。

「そしてこうやって、自分の石で相手の石を挟んだら、くるってひっくり返す。ひっくり返した石は、自分の石にできるってわけ。この『くるくる』の遊び方の決まりは、これだけ！」

この静の石遊びの説明に、雨妹は目を見開く。この遊びを、前世でよく知っていたからだ。

——つまり、これってリバーシ？

そう、まさにリバーシ遊びではないか。なんと、リバーシを編み出した人物がこの国にいたとは驚きである。単純な遊びであるし、どこかで誰かがやっていてもおかしくないのだが、少なくとも雨妹が今世でリバーシ遊びと出会ったのはこれが初めてだ。

「さあやろうよ！　私は宇としか遊んだことがなくて、他の人とやるのは、そう、楽しい気がする！」

ウキウキしたように語る静の表情は、子どものそれであった。

——そうなんだよ、子どもっぽいんじゃなくて、まだ子どもなんだよ静静《ジンジン》は。

雨妹もそのことを改めて思い出す。静は大人たちの思惑で、大人の振りをして暮らさざるを得なくなっているけれども、子どもとしての暮らしもさせてやりたい。

そうとなれば、今やるべきはリバーシ勝負だろう。

「ようし、こっちだって負けないからね！」

というわけで、雨妹は意気込んでこのリバーシ勝負に挑む。前世では子どもがリバーシ遊びを好きだったので、延々と付き合わされたものだ。なので、リバーシには自信があった。

……のだけれども。

「負けた！」

なんと、初戦であっさりと負けてしまう。静がなかなか強かったのだ。

「もう一回、もう一回やろう！」

「いいよ」

負けが悔しくて雨妹が再戦を頼むと、静が頷いて石を並べ直す。

結果だけを述べると、それから五回戦い、勝敗は雨妹の二勝三敗であった。

――戦歴で言えば、私の方が長いはずなのに！

それなのに負け越してしまうとは、雨妹としてはかなり悔しい。

一方でご機嫌なのが静である。

「ね？　この『くるくる』、なかなか難しいだろう？」

雨妹に勝ち越した静が、得意そうな顔になって聞いてくる。

「うん、難しいや。ねえ静静、この遊びって誰に教えてもらったの？」

雨妹が尋ねると、静はきょとんとする。

「誰も教えてくれたりはしないさ、宇が急にやり始めたんだ。里の皆が言うには、宇は変わり者なんだってさ。変なことをやり始めるのは、宇だって決まっているよ」

静の言葉に、雨妹はなんとも言えない気持ちになる。

——なんか、聞いたことがある話なんだけど。

誰もやらないことを突然やり始めて、他の住民から奇異に思われる。これはまさに辺境の里での雨妹のことではないか。

辺境での雨妹が、「変わり者」で通っていたことは認めるところだ。むしろ、だからこそ里長《さとおさ》から「後宮行き」を理由に里を追い出された、という側面もなくはない。大きな揉《も》め事《ごと》が起きる前に排除したかったわけだ。まあそれも、両者とも利点があったので、むしろ良かったと言えるのだけれども。

それはともかくとして。

となると、いったいどういうことになるのか？　もしかして、宇も雨妹と同じ「前世持ち」だったりするのだろうか？

——そうだよね、私みたいな前世の記憶を持っているのが、世界に私唯《ただ》一人だけってことはないだろうし。

それこそ、物語の中の英雄でもあるまいに。雨妹は己をそんな「特別な存在」だとは考えていない。数は少ないだろうけれど、前世の記憶持ちな人はきっともっとどこかにいることだろう。

まあ、その真偽はおいておくとして。

今まで「静の双子の弟」という存在でしかなかった「宇」という少年が、ここにきて雨妹の中で存在感が増してきた。このリバーシ遊びは、宇が石に色をつけることが難しいために、泥で汚すという手法がとられたのかもしれない。なにもない環境の中で、考えたものなのだろう。

宇がどんな子どもなのか俄然《がぜん》気になってきた雨妹だが、恐らくは皇帝周辺の人が調べてくれているだろうし、そのうち情報が入るのを待つしかない。

それにしても、久しぶりにやったリバーシは楽しかった。もっと遊びやすく道具を整えれば、他の宮女もやりたがるのではないだろうか？　泥で汚すやり方は、簡単ではあるが少々見た目がよろしくない。

「ねえ静静、どうせだったらさ、遊びやすいように石を磨いてもっと握りやすくしてさ、色も綺麗な風に塗ろうよ。そうやって綺麗に揃《そろ》った石を持って帰ったらさ、宇もきっとびっくりするし、喜ぶんじゃない？」

この雨妹の提案を、静は思ってもみなかったようで、目をまん丸にしてから、にぱっと笑う。

「そうか、そうだね！　都にはなんでもあるって、宇も言っていた！　そうか、そういうこともできるのか！」

静の使命感以外での都でやりたいことが、一つできたようだ。


こうしてリバーシでひとしきり遊んでいたら、日が暮れようとしていた。

遊んだ後は、勉強の時間だ。

静はまず文字を書くということをしたことがないのだから、筆の握り方や墨の扱い方から教えなければならなかった。

「そうそう、そのくらい先を浸してね。浸し過ぎたら墨がボタボタこぼれちゃうから」

「うん、おぉ、あ！」

雨妹が教えるのを聞きながら、静が時折声を上げげつつなんとか墨を含んだ筆を木簡の上まで持ってくる。まず書いてもらうのは、静の名前である「何静《ホー・ジン》」であった。

「書けた！」

「へぇ、上手だよ静静」

生まれて初めて書いた自分の名前を得意げに掲げる静に、雨妹は手を叩《たた》いて褒める。

「私たちみたいなのはこの木簡とかを使うけど、お偉い人は紙に書くね」

実際、雨妹は立彬に手紙を出すとなると、ちゃんと紙を買って書いていた。

「あと、楊おばさんはこうして木簡を奮発してくれたけど、竹簡だともうちょっと安く手に入るよ」

「へぇ～」

「こうした文房具類を手に入れるなら、調達してくれる係の人に頼むと後から給金から差し引いてもらえるけど、自分で店に出向いて買えもするよ」

「はぁ～」

雨妹の説明に、静はいちいち感心している。ド田舎だと買い物という行為がなかっただろうから、この反応も無理はない。なにしろ、饅頭《まんじゅう》の屋台から饅頭泥棒をしようとした子どもなのだ。あれだって恐らくは、「商品を買う」という行為の知識がなかったせいなのだろう。

後宮では定期的にある露天市以外に、常時買い物ができる店がちゃんとある。しかし店があるのは後宮と宮城との狭間《はざま》の宮であり、そこまで出向いたとしても、本当に必要最低限の物資しか置いていない。

というより、他の宮女たちが文字の勉強をするとなれば、そうした店に出向いて自力で筆記用具を揃えるか、誰かのお下がりを貰《もら》うこととなる。それが楊からこうして筆と木簡を揃えてもらったのは、とても有り難いし特別なことなのだ。

静のことは恐らく、生活の全てで予算が貰えるのだろうけれど、あまりなんでもかんでもを揃えてやりすぎると、宮女の中で「特別扱いだ！」と悪目立ちしてしまう。楊としても、これがギリギリの援助だったに違いない。

——自分で稼いで身を養う、っていうことも勉強だしね。

まだ子どもだとはいえ、この先静の保護者たり得る者が現れるとは限らないのだ。杜《ドウ》の言う通り、自力で生きる術《すべ》は確かに必要だろう。

「静静、今度買い物にも行ってみようね」

「うん！」

雨妹がそう勧めると、静は期待に満ちた顔で大きく頷《うなず》く。

たとえ品揃えが悪いとしても、「いつでも品物が手に入る」ということは、ド田舎者からすると画期的なことなのだ。

それはともかくとして。

それから静は何度も自分の名前を木簡に書くにつれて、名前を書き慣れてきたようだ。

こうなると他にもなにかを書きたくなるもので、雨妹は榻に貸してもらった文字見本を静と一緒に読んでいく。文字見本は文字と絵が一揃いで載っており、絵が文字の説明になっているようだ。誰かがこの文字見本を編み出したのだろうが、なかなか考えたものだ。

この見本を手本にして、早速静は簡単な挨拶《あいさつ》などを書いていく。

――まるでクレヨンと落書き帳を貰った子どもみたい。

雨妹は微笑《ほほえ》ましく思いつつも、静が目をショボショボさせてきた頃合いを見計らい、本日の勉強は終わりにすることにした。

「そうだ、はいこれ」

そして雨妹はまだまだ十分にある木簡を、全て静に差し出す。

「静静、この木簡はあげるからさ、今度からこれに日記を書いてみようか」

「日記？　なにそれ」

このように告げる雨妹に、静が首を捻《ひね》る。

「その日にあったことを記録しておくのが、日記だよ。短くてもいいの、『今日は寒かった』とか『すごく疲れて眠い』とかね」

「ふぅん、文字を書くような偉い人って、そんなわけわからないことをするんだね」

雨妹の説明に、静はそんな納得の仕方をする。偉い人がみんな日記をつけているかは定かではないが、記録をつけるということは、なにがしかでしていることだろう。

――自分が日常で使う文字を覚えないと、意味がないものね。

それでいうと、日記はうってつけなのだ。

「書いた木簡は私に見せなくてもいいよ、自分で保管しておいて」

雨妹がそう付け加えると、静《ジン》がとたんに不安顔になる。

「え、ちゃんと書けるかわからないから、見ておくれよ」

「最初からちゃんと正しく書けなくったっていいの！　『間違うかも』とか『正しいかな？』とか考えながら書いても、楽しくないでしょう？」

前世でも文字を習いたての子どもなどは、文字なのか絵なのか判別がつきにくい不可思議な文字を書いたりしていたものだ。最初から見本を綺麗《きれい》に写した完璧《かんぺき》な文字を目指さなくてもいい。

「う～ん」

けれどまだ不安顔の静に、雨妹はなにか文字を楽しく書く方法はないかと、考えを巡らせる。

「そうだ、ダジャさんに手紙を書くのはどう？　こっそり頼んで届けてもらうことはできると思うよ」

雨妹の思い付きに、静は一瞬顔を明るくしたものの、すぐに沈ませる。

「……ダジャは字を読めない」

「読めなくったって、誰かに読んでもらえるじゃない。それとも案外、ダジャさんも読み書きの勉強をしていたりしてね？」

雨妹がそう言うと、静はようやく微笑んで「手紙、書く」と述べた。どうやらやる気になってくれたようだ。

こうして、日記を書くことになった静だったが。

「ふはっ、なにこれ、ははは！」

雨妹の耳に、隣の静の空間からたまに忍び笑いが聞こえてくる。文字見本をパラパラとめくって、面白そうな絵の文字を書くのが、今の静の中で流行《はや》っているのだ。書き始めると楽しくなったらしい。

日記の「その日にあったことを記す」という目的からは離れているかもしれないけれど、やり始めはそんなものだろう。たまに意味が分からない絵があったりして、「これなんの絵？」と衝立《ついたて》の向こうから顔を出して、雨妹に聞いてきたりする。

こうして書ける語彙《ごい》を増やしたら、ダジャに手紙を書くそうだ。

そうかと思えば。

「ねえ、見て見て！」

そろそろ寝ようかという頃に、衝立の端からニコニコ顔な静が姿を見せ、ぐいっと手を伸ばして来た。その手に握られている木簡には、なにやら絵が描いてある。どうやら文字見本の絵の方を真似て描いたらしい。

「ふふ、上手だねぇ静静《ジンジン》」

「だろう⁉　今度ダジャにも見せてやるんだ」

静はそう言ってまた引っ込む。今はどうやら「筆を使う」という行為自体が楽しいようだ。

——日記や落書きなんかは、ああやってこっそり書くから楽しいんだもんね。

最初はああして遊びながらでいいのだ。そのうち青春の時期に誰しもが手を出すという、詩なんかを書き始めるかもしれない。

そうそう、遊びといえばリバーシだが。

試しに美娜もリバーシに誘って遊んでみたら、ものすごく反応が良かった。

「いいねぇこれ、暇が潰《つぶ》せて」

雨妹と熱戦を繰り広げた美娜が言うには、料理には煮炊きの待ち時間もあるので、その間の暇つぶしに最適だとのことだ。

——暇つぶしの手段も、見つけるのがなかなか大変だもんね。

なにしろ同じことばっかりやっていると飽きてしまうので、暇つぶし手段は複数あった方がいい。けれど今のやり方で地面に格子を描いてやるのも腰が痛くなるので、麻布に格子を描いて、それを盤にして遊ぶように工夫する。あとは、ちょうど良い大きさの石をとにかく集めることだ。石を拾うのは、掃除係であればなんてことない行為である。できれば丸い方がいいので、あまり頑丈ではない石を選んでいく。塗る色は今のところ墨を塗っているが、これも色々工夫ができるだろう。

そんなこんながあったところで、本日は休日である。

この日は、新居に美娜が遊びにきていた。

「へぇ、敷物なんて奮発したねぇ」

「そうですか？　へへへ……」

雨妹宅をキョロキョロと見回す美娜は立派な敷物に感心しているが、貰い物であることは言わなくてもいいだろう。

しかし今美娜がいるのは、別にただ遊びにきただけではない。美娜を新居に誘うついでに、とある「お願い」をして、今台所に静と共に三人でいるところだ。

そのお願いとは――

「今日は、饅頭を作りましょう！」

「饅頭作りは料理の基本さね」

雨妹が声高らかに宣言をすると、美娜も「うんうん」と頷く。

そう、美娜に静への饅頭作りの指導を頼んだのだ。

「饅頭って、私でも作れるものかな？」

静が不安そうに尋ねてくるのに、美娜が「もちろんさ！」と断言する。

「どんなに不器用でも、饅頭は作れるもんだ。じゃあ、静静は作ったことがないってことだね。里じゃあどんなものを食べていたんだい？」

「どんなもの、っていうか」

美娜の問いに、静はなんと言おうかとしばし考える。

「色々なものを煮るの。饅頭って里を出て初めて見たけど、フワフワして不思議だね」

「ありゃあ……」

静の答えに、美娜が軽く眉《まゆ》を上げる。食生活が相当厳しかったのだと察したらしい。

しかし、美娜はニコリと笑って静の背中を叩く。

「大まかには、だいたいの宮女は饅頭をよく食べる連中と、お米をよく食べる連中とに分かれるんだろうけど……まあ里にも色々あるさ！」

美娜は静を傷付けないようにという配慮だろう、「お前の里はものすごく貧乏だな！」というような表現を避ける。

静はなにしろ、ダジャと山越えの旅をしている際にも、干し芋と薄い粟粥《あわがゆ》を食べていた娘なのだ。

里を一歩出れば、もっと美味しいものがそれなりにあっただろうに。

――そんな食生活の子どもが都に入って、美味しそうなものを売っている屋台に出くわしたら、そりゃあ食べたくなるよねぇ。

雨妹は静と初遭遇した際の盗み食い事件を、そう振り返る。売り買いの知識がなかったのなら、並んでいる饅頭を物々交換するつもりだったのかもしれない。もしかすると、屋台のどこかに饅頭と交換するなにかを置いていたのだろうか？

――そのあたりを、ちゃんと見ていなかったなぁ。

あの時はそこまで考えが及ばなかったとはいえ、雨妹は叱られる羽目になった静に「可哀想《かわいそう》なことをしたのかも？」と思うのだった。


それはともかくとして、今は饅頭作りだ。

まずは美娜が実演してみせて、それを静が真似していく。

「そうそう、手つきはいいよ。もっと身体《からだ》を使って、こういう風に力をこめて」

「うん、よいしょ！」

「手につかなくなるのが合図さね」

「わかった」

美娜の指示に頷きながら、静が生地をこねている。

さすが美娜で、静への饅頭《まんじゅう》指導が的確だ。雨妹とて饅頭を作れはするけれど、教えるならばその道の人を頼って正解だった。

こね終えて生地をしばし寝かせるところまでやると、静が「フゥ～」と大きく息を吐く。

「饅頭作りって、すごく疲れるんだね」

くたくたになって椅子代わりの木箱に座る静に、美娜が「ははっ」と笑う。

「疲れた分だけ、余計に美味しく思えるさね。それにしても静静、なかなか器用じゃないか！」

「そ、そうかな」

美娜に褒められた静が、照れてもじもじと袖《そで》をいじる。

「うんうん、上手だったよ！」

「へへ」

雨妹も褒めると、静はまんざらでもなさそうな顔だ。

実際、静はちゃんと自力で饅頭の生地をこねられた。分量も適当にせず、ちゃんと計るということ

ともできている。教えればこれだけやれるのだから、やり方を知ってさえいれば、里での食生活もマシになっていただろうに、雨妹はこれまでの静の環境が残念でならない。

もしかすると里での暮らしで静の周囲に、料理を教えられる人がいなかったのだろうか？　あのダジャだって、なにせ旅の道中で静に干し芋と粟粥のみを食べさせていた男である。教えられる料理といっても「焼く」と「煮る」のみの野営料理などになりそうだ。

そもそもダジャは王子であったので、軍隊でも専属の料理係がちゃんといる生活をしていたわけだが、そんなことは雨妹には知る由もない。

なにはともあれ、こうしてお喋《しゃべ》りをしている間に生地を寝かし終わり、いよいよ成形だ。饅頭の形は様々だが、今回は簡単なぐるぐると巻いて作るやり方でやることとなった。

「そうそう、できるだけ同じくらいの厚さで、こういう風に端も延ばして」

「こう？」

静が美娜の指示で、生地を棒で四角く平らにしていく。それをぐるぐると巻いていく作業は、静にとって、ことさら楽しい作業のようだ。

「ふはっ、ちょっとへこんだ！」

「ちょっとくらいは気にしなさんな、結局食べられればなんでもいいんだから」

「なんかこれ、なにかに似ている気がする！　変なの、ふふっ」

こんな風にお喋りしながら、時折歓声を上げつつなんとか巻いて、棒状になったものを手ごろな大きさに切れば、成形は終わりだ。

「あとはこれを蒸すのさ」

「お湯は沸かしていますよ！」

美娜が板の上に並べた生地を、雨妹は準備していた蒸し器に入れていく。

そして、待つことしばし。

蒸し器から美味しそうな香りが漂ってくるようになり、雨妹のお腹を刺激する。

「くぅ〜、待ち遠しい！」

「この待つ時間が、大事だよ。美味しそうな香りに負けて、早く開けてしまわないことさ」

美娜がソワソワしている雨妹を指さしながら、笑って静に教えている。

「わかった。けど、お腹が空《す》く匂いだね」

「これは上手《うま》くいっているっていう証拠さ」

お腹をさすりながらそんな風に言う静に、美娜がそう話した。

この香りが頂点に達したところで、美娜が蒸し器を火から下ろす。

そして蓋《ふた》を開けた蒸し器の中には、フワフワの饅頭が並んでいた。

「饅頭だ！」

出来上がりを見た静が当たり前のことを述べるが、本当に自分の手で饅頭が作れるのか、半信半疑だったのだろう。

手に持てるくらいに冷ましたところで、早速饅頭の試食だ。

一番最初に、静が饅頭にかぶりつく。

「ん、美味しい！」

最近「美味しい」を言い慣れてきた静《ジン》が、ぱあっと笑顔になった。

「うんうん、美味しいよ静静」

「台所番になるかい？」

雨妹と美娜もそれぞれに食べて感想を述べると、静はまんざらでもない顔である。二口目も食べた静が、「すごいなぁ」と呟《つぶや》く。

「自分でこんな風なものを作れるなんて、知らなかったよ。ちょっと手間だけど、麦煮よりもずっといい！」

なるほど、静にとって麦を食べるといえば麦煮であったらしい。麦煮だって栄養があるのだろうが、雨妹としては饅頭の方が好みだ。つまり、喜んで食べたいものではない食事というわけである。

そして饅頭が大好きな身としては、すかさず饅頭の良い所を教え込むしかない。

「あらかじめ作っておけば、食べたい時に食べられるでしょう？　それにもし時間が経《た》って固くなっちゃったら、揚げ饅頭にするっていう幸せな第二段のお楽しみもあるんだから！」

「おぉ～！」

雨妹の力説に感心して拍手する静を、美娜がニコニコと見守っている。

「料理ができると毎日が美味しく過ごせるし、なにより楽しいだろう？」

「うん！」

美娜の教えに、静も素直に頷《うなず》く。

ともあれ、饅頭教室は大成功と言えるだろう。

「頑張った静静《ジンジン》には、饅頭にかける私秘蔵の蜂蜜《はちみつ》を進呈いたしましょう！」

「わぁい！」

こうして、にぎやかな饅頭教室となった。


饅頭教室を開いた後、ある日の食堂での夕食時のこと。

「みんなと同じ量でいい」

「へぇ」

食事を頼む際に静がそう告げたことに、雨妹はちょっと驚く。いつも必ず「少なめに」と台所番にお願いしている静なのに。

「今日はそれを食べるの？」

「……うん」

思わず確認する雨妹に、静は決意の籠《こも》った目で頷く。

静は陳《チエン》が処方してくれた薬のおかげで胃の調子が上がってきたから、食べられる量だろうけれども、それでもこれまでは食事に対して苦手意識が強かった。

——もしかして、美娜さんの饅頭教室の効果かな？

確かにあれ以来、静は食欲が増したというか、嫌々食べることがなくなったように思う。

静にとって食とは、里にいた頃は「生きるための作業」で、都に出てからは「これまで見たことのない不思議なもの」だっただろう。しかし今回「自分で作れるかもしれないもの」になり、食に興味が出てきたのかもしれない。

――うんうん、いいことだよね！

静の年頃だと、これからちゃんと栄養のある食事をとれば、まだ身体の成長に間に合うだろう。

雨妹は本日、沐浴《もくよく》のための休日だ。

これまでならば沐浴は楽しみな時間だったのだけれど、最近は格闘の時間だったりする。

「もういいってば！」

「だぁめ、まだだってば！」

雨妹は沐浴から逃げ出そうとする静を半ば拘束するようにしてお湯をかけ、洗髪をしているところだ。

静も一緒に沐浴日にしてもらったのだが、この静が沐浴に慣れていない。というより、猛烈に嫌がるのだ。どうやら静は里で暮らしていた頃、近くの川の水で適当に洗うだけであったらしく、身体の隅まで綺麗《きれい》にするという意識に欠けている。なので静は後宮での沐浴を「面倒な作業」だと考えているところがあった。

雨妹とて辺境では似たような生活だったので、その暮らしぶりもわかるのだが、後宮でそれではいけない。

「綺麗にしておくのも、宮女のお仕事なんだよ⁉」

「だって、くすぐったいってば」

「だぁめ、ちゃんと綺麗にしないと！」

すぐに終わらせようとする静を、雨妹はぴしゃりと叱りつける。

静の場合、髪がまだ短いため洗髪の手間はかからないが、短いからこそ今の内からちゃんと手入れをすれば、美しい長い髪を手に入れられるのだ。

――美しい髪は一日にしてならず、だからね！

洗髪を終え、身体もまるっと洗い上げてやると、ようやく沐浴終了だ。

「疲れた……」

静がぐったりと床に手を突くが、まあ洗われながらじたばたと動けば、疲れるのも道理だろう。

「大人しく洗われていたら、もっと楽なんだけどねぇ」

雨妹はそんな静を横目に苦笑しつつ、自分の洗髪をする。

沐浴を嫌がる静に付き合う雨妹とて大変なのだが、そこは前世看護師の経験で、介助のコツというものをよく分かっているため、静ほどには疲れないでいるのだ。

それに新居には沐浴できる場所まではまだないので、宿舎住まいの際使っていた沐浴場に通うのだが、広い沐浴場でむしろ良かったと思う。これで沐浴場が狭かったら、きっともっと大変だったことだろう。

――それにしても、だんだん肉がついてきたなぁ。

最初に沐浴で静の身体を見た時には、見るのも哀れなくらいに骨が浮き、ガリガリにやせ細っていた。けれど最近徐々に肉がついてきて、「病的に痩《や》せている」状態から「かなり痩せている」くらいにまで回復している。

やはり子どもはふっくらしていて欲しいものだと、雨妹はしみじみと思う。


こうして雨妹たちは沐浴での格闘を終えると、家に戻って静の怪我《けが》の具合を見る。

「足の怪我も、だいぶよくなったね」

薬を塗ってやりながら、静にそう告げた。足の肉刺《まめ》が潰《つぶ》れた挙句の放置で悲惨なことになっていた個所《かしょ》も、陳に処方された薬でずいぶん綺麗になってきていた。

「うん、薬がなくても、もうあまり痛くない」

静も自分の足を覗《のぞ》き込むようにしながら、そう話す。

これもやはり、最近食事量が増えたことが理由だろうか？　身体を癒す最高の薬は、休息と食事である。それに体力がついてきたらしく、掃除をしていてくたびれ果てて脱落するまでの時間が、徐々に長くなってきていた。

——これなら、多少体力を使う仕事でもできるかな？

静の調子を見てそう判断した雨妹は、今度楊に相談することにした。

とりあえず今は、静の髪をちゃんと乾かすことに専念する必要があるけれども。

「こら静静、ちゃんと拭《ふ》きなって！」

「ええ、放っておけば乾くよぅ」

まだ濡《ぬ》れたままの髪を放置する静を雨妹が叱りつけると、そんな反論が返ってくる。

「だぁめ！　丁寧に手入れしないと、髪がパサパサになるでしょうが！」

雨妹は静を捕まえると、布を何枚か使って水分を拭《ぬぐ》い、髪が傷んでいるあたりには手入れ用の油をつけてやった。

髪が自慢である雨妹なので、手入れにはうるさいのだ。


そんな大騒動な沐浴日明けの、本日。

今雨妹たちがいるのは、目の前に畑が広がる場所である。

「こんなに立派な畑、初めて見た！」

静が目の前に広がる畑を見て感心している。静は山越えの道を通って都へ来たので、平地の良好な耕作地を目にしなかったらしい。まあそれでなくても、この医局の畑は確かに立派である。

「はっは、褒めてくれてありがとうよ」

すると、ふいに背後からそう声をかけられた。

「陳先生、お世話になります！」

雨妹は声の方を振り向くと、そう言って礼の姿勢をとる。

この畑、実は医局が管理している薬用の植物を育てる畑だった。今日の仕事は、ここで畑の雑草取りだ。

これは、楊が以前に提案していたことを実際に打診してみたところ、陳が受け入れてくれたことで実現した。勉強を兼ねた仕事なので、陳には今回静への先生役として、一緒にいてもらえることとなった。雨妹だってそれなりに知識はあるが、やはり専門家にお願いした方が良いと思ったのだ。

というわけで、雨妹は畑の雑草を抜きながら、作物についての講義を陳から受ける。というか、静はまず教えを受けないと、作物と雑草の区別がつかないようだ。

「ここにあるのは、全部薬になるものばかりだ。今育っているのは、春採れのものだな」

「へぇ～」

陳の説明を聞きながら、静が手近にある植物に鼻を寄せてクンクンとさせている。

「香りがいいだろう？　ここいらにあるのは蓬《ヨモギ》で、そろそろ新芽を摘める」

そんな静に陳がそう話し、自らも手近にある葉をつまむ。確かに、蓬の青々とした香りに満ちていて、空気が爽《さわ》やかである。

「やっぱり、春といえば蓬ですよね～。蓬の饅頭《まんじゅう》を食べると『ああ春だ！』って思いますもん」

すぐに饅頭に思い至ってしまう雨妹は、食い意地が張っているわけではないと思う。蓬の饅頭の美味しさが言わせているのだ。

「他にも、あちらの日陰にはどくだみもあるぞ。独特の香りを嫌う者もいるが、あれだって優れた薬になる」

「どくだみのお茶、私好きですよ」

陳と雨妹の会話に、混乱したように静が首を捻《ひね》る。

「……？　薬の畑じゃあないの？　饅頭？　お茶？」

今は薬の畑を見ているのに、食べ物の話をしている雨妹に、どうやら混乱しているらしい。そんな静の様子に、陳が笑う。

「それで違っていない、ここは薬の畑だ。けどな、薬には美味しく食べられるものがたくさんあるんだぞ？」

「ふぅん」

陳の説明に、静は一応頷いているが、どうもいまいちピンときていない様子である。

そもそも山奥育ちであれば、薬というものが身近ではなかったことだろう。里を出ての旅で薬というものを知ったのかもしれないが、それだって携帯できるように工夫されたものなので、原料がなにかなど想像がつかないものだったに違いない。

「蓬はね、食堂でもよく使われている、身近な食材なんだよ？」

「じゃあ、私も食べているの？」

雨妹がそう告げると、静はきょとんとして尋ねてくる。

「食べているよ、昨日の夕食の炒《いた》め物は蓬が入っていたし」

「夏になるとお茶にするなぁ」

雨妹の言葉に、陳も付け加える。

蓬は食べる分には春が旬なのだが、薬効が高いのはむしろ夏から秋にかけてだ。つまり、ほぼ一年中なにがしかで使えるという、お得な作物なのだ。

「私、薬よりも炒め物で食べる方がいい」

静《ジン》が酸っぱそうな顔になって、そんなことを言う。

――まあ、「薬を飲むのが大好き！」っていう子どもは、そうそういないよね。

静がこれを素直に言えるのはいいことだろう。初めて会ったばかりの頃は、とにかく我慢に我慢を重ねていた子どもであったのだから。

このように薬を嫌う静に、陳が笑いかける。

「はっは、薬を飲みたくないなら、薬を飲まずに済むように生活をすることだな。よく食し、よく動き、よく寝る、これが健康の基本だ。特に食は大事でな、蓬のような薬になる食材もいいが、他にも色々なものをよく食せば、病気知らず、薬要らずで過ごせるというものだ。この雨妹みたいにな」

「元気でいないと、野次馬だってできませんしね！」

そう話す陳に示され、雨妹は「えっへん！」と胸を張る。いや、あまり褒められたことではないかもしれないが、野次馬こそが生きがいなのだから仕方ない。

「蓬なんてさ、美味しくて健康にいいなんて、最高じゃない？　今度、蓬のお饅頭を作ろうね！」

「うん！」

雨妹がそう話すと、先日饅頭作り体験をしたばかりの静は大きく頷《うなず》いた。

このように解説を交えながらの雑草取りなので、あまり作業は速やかに進んでいるとはいえない。

その上、この雑草というのがまたややこしいもので、雑草扱いだけれど薬効があったりする。

「なんか、案外草って食べられるんだな」

今引っこ抜いた雑草も食べられると言われ、静は不思議そうにするばかりだ。今静が手にしているのは「ハコベ」で、前世でも春の七草として食されていたものだ。

「食べられるんなら、こっちに植えてある蓬とはなにが違うの？」

首を捻って疑問を口にする静に、陳が答えるには。

「そりゃあ、ハコベなら、『たくさん欲しいかどうか』だなぁ」

「まあ、『たくさん欲しい時にはそこいらで摘めますものね」

陳の言葉に、雨妹もそう付け加えた。

「こうした雑草類だってそれなりに使うから、全部を綺麗さっぱり抜いてしまう必要はない。けれどある程度間引いておかないと、畑の作物の生命力が雑草の生命力に負けてしまうのさ」

「へぇ～」

陳の解説に、静はわかるようなわからないような顔ながら、とりあえず頷いている。

――けど、私だって辺境の里で畑の世話をする時、あまりそこまで考えていなかったなぁ。

雨妹とて畑仕事に関しては、実は静と似たり寄ったりなのだ。単に土が痩せていたため無駄な雑草がはびこらなかったので、そうした気を遣わずにいただけである。雑草問題とは、肥沃《ひよく》な土地にある畑だからこその悩みかもしれない。けれど、そんな辺境にだって、山に入れば食べられる野草はそれなりにあった。静の暮らした里の辺りには、なかったのだろうか？

「静静《ジンジン》の里では、そういう食べられる草を探さなかった？」

適度にブチブチと雑草を取り除きながら、雨妹は静に聞いてみた。

「うん、緑があんまりない所だし」

このように答える静が言うには、暮らしていた辺りは山に囲まれている土地で、その山というのも大半が岩なのだそうだ。

――苑州《エンしゅう》が耕作に向かない岩山ばかりだって、立彬様も言っていたっけ。

雨妹の育った辺境とて、砂漠が近いためにあまり肥沃な土地ではなかったが、それでも様々なものを食すための先人の知恵がそれなりにあったし、砂漠には放牧の民が暮らしていて、その恵みのお裾分《すそわ》けもあった。それに砂漠と言っても、サラサラした砂ばかりに覆われた砂漠ではなく、どちらかといえば灌木《かんぼく》が所々にある荒野と言った方がいいかもしれない。

それと比べると、苑州の山とは雨妹の想像よりも「岩！」という感じなのかもしれない。確かに、岩で育つ植物とは苔《こけ》くらいしか、雨妹も思いつかない。岩と岩の隙間にあるかろうじて耕作できそうな土地で、細々と作物を育てているのだろうか？　それはなんとも苦労が多そうだ。

そうであるならば、静は植物に対してほぼ無知であるということで、余計に植物の勉強が必要だ。

「これも食べられる？」

「あ、静静それは毒があるから、口に入れないでね」

けれどひとまずは、食べられない草を覚えることが必須《ひっす》かもしれない。

＊＊＊

ある夜、志偉《シエイ》は一人酒を飲んでいた。

すぐ傍《そば》にふっと湧いた気配に、志偉は振り向かぬまま、声をかける。

「どうであった」

「了承の返答がありました」

志偉の問いかけに、影からそう返答が為《な》された。

この影は、苑州へと発《た》った大偉《ダウエイ》を監視させていた者である。大偉は行商人に変装し、今のところ何事もなく苑州との往来の道を進んでいるという。

――あの「見栄が全て」の女から生まれたにしては、なかなか器用に振舞うものだ。

あの皇后が、己の唯一の皇子が行商人として旅をしていると知れば、なんと言うだろうか？　きっとおおいに狼狽《うろた》え、「皇子たる者は……」とくどくどと説教を始めるに違いない。あの女は、皇太后の出来の悪い物真似をするしか、やり方を知らないのだ。

ではもう一方の親である大偉の実の父はというと、あの男とて、さほど器用な生き方ができる方ではなかった。もし器用な男であったならば、そもそも皇后の子種役など引き受けなかっただろう。

それで言うと大偉は、子は親に必ずしも似るとは限らない、という良い例であろうか？

いや、あの危うさと聡明《そうめい》さが表裏一体になっているような性質は、むしろ「皇族らしい」特徴と言えるかもしれない。崔《サイ》国の歴史に名を残している皇帝は、得てしてそのような危うい一面を持っていたのだと、志偉はかつて育て親の爺《じい》に聞いたことがあった。近いところで有名なのが、先代皇帝だという。

そのような思考が巡る志偉は、春節前のある夜、一人寝をしていた寝所に大偉が忍び込んできた時のことを思い出す。

「皇帝陛下へ、願いたい事がございます」

皇帝の寝所へ忍び込むという大罪をやってのけた大偉は、前置きもなくそう告げてきた。

目の前にいる大偉は、志偉の直属の影たちに囲まれ、しかし怯《おび》えも慄《おのの》きもせず、平然と卓で食事を共にするかのような調子である。これは大物なのか、はたまた大馬鹿者なのか、判断をつけがたいところだ。

けれどその背後に控えている大偉の側仕《そばづか》えであろう男は、哀れなくらいに震えていた。

「なにゆえ、それを申すのがこの場であるか？」

牀《しょう》に腰かけて問う志偉に、大偉は困ったように眉《まゆ》を寄せてみせた。

「宮城にて願い出るならば、邪魔が入りますもので」

ため息交じりに大偉が告げた内容に、志偉は「ほぅ？」と眉を上げる。

「邪魔が確実なる事であるか。それは悪だくみではあるまいな？」

「ある意味、悪だくみでございましょうか」

そう告げてニコリと笑ってみせる、その胆力は褒めても良いだろう。主《あるじ》の物言いに、隣の供は死にそうな顔色であるけれども。

「して、願いとはなにか？　ものの試しに言うてみせよ」

興味が湧いた志偉は、そう促してみる。

「では、あのいつかの宮女の髪が欲しゅうございます」

大偉のこの発言に、瞬時に影たちが大偉に詰め寄り、その手足にまみれて姿が消えた。

果たして次に見た大偉は、顔を赤黒くしてボロボロになった姿を晒《さら》した。

「殿下、大偉様！　それは絶対に言うなと、あれほど念を押しておいたというのに！　あの時死に損なったのを、もう忘れたのですかぁ⁉」

「すまぬ、つい口が滑った」

大泣きをする側仕えに、大偉は飄々《ひょうひょう》と返す。しれっと「死に損なった」と本音を漏らしたあたり、この側仕えはなかなか苦労していると見える。

それにしても、実際志偉が大偉の顔を見たのは、前の「花の宴」での一件以来である。その際にかの宮女の髪を狙ったが未遂に終わり、志偉直々に仕置きをしたというのに、今こうして堂々と忍んで会いにくるとは。やはりこの男は大馬鹿者であるかもしれない。普通ならば己可愛《かわい》さに、二度と顔を見せないところだ。

「間違えました、言い直します」

しかしその大馬鹿者こと大偉は、ボロボロの身なりでそう言うと、綺麗《きれい》に礼をとってみせた。

「我が願いとは……」

それから冗談を言うかのような口調で語られたことに、志偉は驚きと納得と、両方に襲われた。

「なるほど、それは大層な願いだ」

「やや、願いとは大きければ大きいほどに、やりがいを感じるものでしょうに」

大偉はそう言って口の端を上げて、殴られた痕に響いたのか「イテテ」と漏らす。

――なるほど、あの皇后にある意味よく似た強欲よな。

志偉は、名目上は息子である大偉をジロリと見下ろす。

「なんの功もないそなただ、安易に受けてはやれぬな」

「功をたてろと仰《おつしや》るならば、やりましょうぞ」

志偉が告げると、大偉は即座にそう応じる。

「言いおったな。では大偉よ。そなた、己《おの》が力のみにより、苑州より東国を退けられるか？」

志偉の言葉に、大偉は目を丸くした。

「東国へは、陛下から軍を動かす触れを出されるのでは？」

大偉が直《じき》に出す予定の内容を言ってのけたのに、影たちにまたピリッと緊張が走る。しかしそれに志偉は手を上げて制し、「ふん」と鼻を鳴らす。

「どうせそれを察知して、この時機を狙ったのであろうが」

「おや、わかりますか？」

志偉の指摘に、大偉はとぼけた顔で返す。けれどこの男は大馬鹿者であるが、こういう事には頭が回る人物である。

ここのところ続けざまに発覚した東国の脅威に対して、志偉は国民に向けて「軍を動かし対処する」という触れを出す必要があるだろう。一方的にやられっぱなしだと他国に侮られる。民に不安を広めるわけにはいかないのだ。

しかしその反面、安易に軍を動かせば民の心が離れるということも、また志偉は理解していた。

志偉自身とて、若さの勢いでなんでもやってのけた頃とは、己が持つものの重さが違っている。身一つで戦場に飛び込み相手の首を取ってやればすべてが終わる、といった方法は、今ではなかなか取れないだろう。

戦をしたがっているのは宮城にいるのん気者たちだけで、平和に慣れたほとんどの民は戦などしたくはない。そして血が流れれば流れるほど民の心は離れ、流れた血の分だけでも取り戻そうと意固地になる。そして戦が止められなくなるのだ。

この血の連鎖を断ち切ってみせたのが、黄《ホアン》家の老大公であった。他の黄家の面々をねじ伏せてこの決断をしてみせたのだから、なかなかの器の人物だ。戦で志偉に自身の息子を殺されたにもかかわらず、それを呑《の》んで民のために志偉と手を取る決意をしたのだから、己としても敬意を表したい。

そして今、戦の気配漂う難しい局面にある中、この大偉が直談判に飛び込んできたというわけだ。どれほどのことができるか、試してみたい気持ちがあった。

ゆえに、志偉は大偉に宣言する。

「ただし、私兵であっても軍を動かしてはならぬ。戦場にあって多く血を流すのではなく、己が才覚にて功を示してみせよ」

「此度《こたび》の東国からの手出しを、兵を用いず収めろと、そう仰るのですか？」

「その通り」

大偉の問いに、志偉は大きく頷《うなず》く。

「なんという、ふはは！」

無茶なことを言われたにもかかわらず、なんと大偉は楽しそうに笑った。

「また始まったよ……」

側仕えが頭を抱えて零《こぼ》しているが、確かにここは笑う場面ではないだろう。

「成し遂げてみせたならば、お主の願いをなんでも叶《かな》えようではないか。ただし、かの宮女の髪以外だ」

「はて、残念でございます」

深くため息を吐《つ》く大偉の横腹に、側仕えがかなり強めに拳《こぶし》を入れている。

「しかし、長くは待たぬ。お前にはできぬと判断がつけば、即座に軍を動かす」

「なるほど、陛下の短気さとの闘いというわけですな。わかりました、この挑戦を受けましょう」

そう言ってのけた大偉の表情は、まるで「生きる意味を得られた」と安堵《あんど》しているようでもあった。

——難儀な奴《やつ》よの。

志偉はそう思わずにはいられない。この男は戦乱の世に生まれておれば、もっと生きやすかったことだろう。むしろあの戦乱期にいてくれれば、志偉は皇帝位など喜んで譲ったものを。

大偉は戦を好む質《たち》である一方で、戦乱はもう世に望まれていないと悟る賢《さか》しさも持ち得ている。だからこそ、己が心の内の嵐のような激情を持て余すのだ。

そんな風に考えたからだろうか?

「どんな手を使うも構わぬ、金が必要ならば用意しよう。だが、飯はちゃんと食え。人とは腹が空けばろくなことを考えぬものだ」

次いで志偉がそんな忠告をしてしまったのは、あるいは己が戦場で飢えた経験と、あの食いしん坊な娘のことを思い出したからかもしれない。

この言葉に、大偉はぱちくりと目を瞬かせた。

「おや、それは確かに真理でございますな。己の腹具合は大事に致します」

そうやってこの奇妙な会談は終わり、大偉は満身創痍《まんしんそうい》にもかかわらず、身軽に寝所から去っていく。


あの時、影たちは大偉のことを見逃し、寝所まで通したのだろうと志偉は思う。事実、最も警護の手厚い皇帝の元まで供と二人丸腰でやってきたのだから、ある種の賭《か》けでもあったのかもしれない。

あれほどの胆力の持ち主を、その出自には目を瞑《つぶ》ってでも担ぎ出したくなる連中の気持ちが、わからなくもない。しかし繰り返すが、あの男は戦乱の中にこそ活《い》きる存在で、平和な世にあっては戦乱を呼ぶ禍《わざわい》の素《もと》になりかねない。もう少し「皇族らしくない」男であれば、きっと息もしやすいであろうに、と志偉は思わずにはいられない。

一方で、最も「皇族らしくない」存在が、雨妹であろうか？　いや、あの娘とて、なにかしらの皇族特有の危うさというものを抱えているのだろう。そうでなければいくら尼寺の尼たちが保護していたとはいえ、幼子が辺境であれほど逞《たくま》しく生き抜くのは困難だ。危ういほどの生への執着、これが雨妹のそれかもしれない。そしてその危うさの処し方を、雨妹は自身でよくわかっているのだ。恐らくはこの点が、大偉と雨妹の違いなのだろう。

大偉は腹立たしい事件を起こし、志偉自らでうっかり殺しかけた過去はあるものの、実のところ、地獄に落としたい程に憎らしいわけではない。

あの若者にだって、生きやすい何処《どこ》かがあっていいはずだ。

第三章　伝説の女

静《ジン》が後宮での生活にも慣れてきた、ある日のこと。

掃除でへとへとになっている静を連れて、雨妹《ユイメイ》は家へ戻ってきた。

「腰が痛いよぅ」

静のこの泣き言も、ずっと雑巾《ぞうきん》がけをしていたのだから無理もない。なにしろそろそろ春の催しである「花の宴」に向けて、どこも忙しくなってくる時期なのだから。

「静静、お疲れ様。夕食まで休んでいなよ」

「そうする」

雨妹がそう労《いた》わると静は素直に頷き、腰をさすりながら奥の部屋に入って、掃除で汚れたお仕着せをモゾモゾと脱ぎ、部屋着に着替え始めた。

——疲れていても汚れた格好で寝ないのは、偉いよね。

これも、後の掃除の大変さを身に染みて知ったからだろう。

雨妹は静の様子を眺めていたが、ふと視線を巡らせた時に、台所の外に置いてある手紙入れ用の箱に手紙が入っていることに気付く。どうやら雨妹が不在の間に届いたらしい。

「誰だろう？」

雨妹に手紙を出す人物となるとごくごく少数であるので、そのうちの誰かと思い、箱の中身を見に行く。

「……！」

するとその誰でもない意外な差出人に、雨妹は目を見開く。

——全《チユエン》様からの手紙じゃん！

そう、手紙の差し出し主は、太子宮の黄徳妃宮の女官、全立《チユエン・リー》である。雨妹はひょんなことから黄徳妃・黄美蘭《ホアン・メイラン》と出会い、親睦《しんぼく》を深めたのだが、こちらの全とは手紙のやり取りをするほどに親密なわけではない。以前に雨妹が明《ミン》家を訪ねるならばと、知り合いらしい家人の老女宛てに手紙と荷物を届けられたくらいか。

そんな人からわざわざ手紙が届くなど、いったいどういうことだろうか？　雨妹は不思議に思いつつ、とりあえず手紙を読んでみる。

手紙は前後に長い挨拶《あいさつ》が綴《つづ》られていたものの、本題は非常に短かった。

「頼みたいことがあるので、訪ねてもらいたい」

この簡潔な内容は、全らしいように思える。

——けど、頼みってなんだろう？

そのあたりも非常に気になるのだけれど、相手は偉い女官であるので、会いに行くのに待たせてはいけない。

そんなわけで、翌日。

「静静、ちょっと留守番よろしくね！」

「わかった」

掃除を早めに切り上げた雨妹は、静に留守を頼んで一人、太子宮の徳妃宮を訪ねることにした。あまり静を一人で放置するのも安全面でよくないので、最速で向かおうと雨妹は三輪車を飛ばす。

こうしてかなり息が上がった状態で到着した雨妹だが、今回は美蘭に用があるわけではないため、表の門ではなく宮女たちが出入りする裏口に回る。

「あのぅ、お呼びがかかったので訪ねたのですが」

裏口の見張りの宦官《かんがん》に全からの手紙を見せる。

「ああ、聞いているよ」

すると、全からあらかじめ雨妹が訪ねてきた場合のことを知らされてあったらしく、手紙を手形代わりにして中へ通してもらえた。

「いつもの庭だって仰《おつしや》っていたぞ」

「ありがとうございます！」

向かうべき場所も教えてもらえたので、雨妹は静かな宮の中、そろそろ勝手知ったるとなってきた道のりを歩いていく。宮の中には人の気配が希薄で、未《いま》だに常駐の人員が少ないままらしい。

――まあ、美蘭様がこれで困っていないって言うんだったら、いいんじゃないかな。

太子とて宮の主《あるじ》の意向を無視して、勝手に増やせないだろう。

それから教えられた通り、雨妹も見慣れた美蘭がよくお茶を飲む庭が見える部屋まで来ると、そこに全がいた。

全の方も雨妹に気付いたようで、こちらを振り向く。

「早かったですね。行動が早いことは、後宮においては利点ですよ」

全は雨妹の姿を見て、挨拶よりも先にそう言ってくる。

「お呼びと伺い、参りました」

雨妹は礼の姿勢をとると、キョロキョロッと周囲を窺《うかが》う。そこいらの茂みにでも、美蘭が潜んでいないかと思ったのだ。なにしろ雨妹はこれまで、美蘭と普通に対面で遭遇したことが稀《まれ》である。

ここが美蘭の宮であっても、油断はできないだろう。

そんな雨妹の様子に、全が眉《まゆ》を上げる。

「美蘭様は、ただいま沐浴《もくよく》の時間です」

そう言われたので、雨妹が誰を探しているのか気付いたらしい。

——この時間から沐浴をしているということは、もしかすると今夜は太子が訪ねてくる日なのかも。

雨妹はそんな風に思いつつ、気持ちを改めて話を持ち掛ける。

「あの、それで、手紙にあった頼みというのは、一体どういったことなのでしょうか？」

問いかける雨妹に、全が告げた。

「明家の洪雪《ホン・シュエ》様と、話をしてきてほしいのです」

——えっと、洪雪様って誰？

全の言葉に、雨妹の脳裏に浮かんだのはコレであった。しかし一瞬後、明家でいつも主をからかっている、全の知り合いらしいあの老女のことが思い出された。

「洪雪様ってもしかして、あの家人のお婆《ばあ》さんのことですか？」

というより、雨妹は明家にいる人物というと、現在未だ居候中である元宮妓《きゅうぎ》の許子《シュ・ジ》と朱仁《ヂウ・レン》以外で、あの老女しか知らない。

雨妹の問いかけに、全が頷く。

「近衛《このえ》所属の明永《ミン・ヨン》殿の家人は、洪様しかおらぬと聞いております」

やはりそうであったらしい。雨妹はこれであの老女の名前を初めて知ったのだった。そういえば、この全とあの洪という名らしい老女とは、昔からの知り合いであったか。

しかしそうであっても、どのような経緯で「話をしてきてほしい」ということになったのか？全が後宮勤めの女官だとはいえ、内城にいる洪と会う手段はあるだろうに。全のような高位女官ともなると、外出にも様々な規制があるのだろうが、買い物をする店が入っている狭間《はざま》の宮で会うことだってできるのだ。

この雨妹の内心の疑問を、全も察したらしい。「ほぅ」と息を吐いて、説明する。

「実はわたくしは先日、美蘭様から『お茶の淹《い》れ方を教えてほしい』と乞《こ》われました。自らお茶を淹れてみせれば、太子殿下が驚くのではないかと、そう考えられたようです」

「へぇ、いいですね！」

美蘭が自ら太子との距離を詰めようと考えているというのだから、距離感に悩んでいたらしい頃を考えると、大した進歩だ。

けれど、これが全を悩ませたらしい。

「わたくしは考えるのです。あのように自由な美蘭様に教えるのが、型にはまったやり方しかできないわたくしでいいものかと」

「はぁ」

全の弱音ともとれる発言に、雨妹は意外に思って目を丸くする。全のお茶は淹れる所作が美しく、その上美味《おい》しいと評判なのに、本人はそれでも不足があると考えているらしい。

――達人って、こうやって満足しないから達人なのかなぁ？

雨妹が全のお茶への真摯《しんし》な思いに感心している間も、話は続く。

「そこで思い浮かんだのが、かつてわたくしに教えを授けてくださった洪様です」

そう告げる全は、懐かしむように目を細める。

「あのお方は、美蘭様のように自由なお方でした。いえ、美蘭様よりももっと奔放でしたね。洪様を思えば、美蘭様は大人しい方でございますよ」

「……そうなんですか？」

あの美蘭を「大人しい方」だと言えるとは、洪とはどれ程に暴れん坊だったというのか？　確かに、これまで何度か顔を合わせた洪のことを、自由そうだなとは雨妹も思ったものだけれども。あの自由さは老後になって悟ったからではなく、若い頃からの生来のものであったらしい。

「美蘭様もあの方とお会いしたならば、なにか道が開けるのではないかと考えたのです。太子殿下との接し方にお悩みのようですが、育った環境の違いというものは、そう簡単に埋まるものではないですし」

全は美蘭のことをよくよく考えているらしい。美蘭が「黄家の媛様《ひめ》」として育ったわけではないと、察しているようだ。さすが長く後宮に勤めているだけあり、観察眼が鋭い。

「そんなわけで、洪様に文にてお頼みしたのですが、『後宮に近寄るのは御免だ』とすっぱりと断られました」

「なるほど」

――あのお婆さん、そういうこと言いそうな気がする。

雨妹は明家の老女の顔を思い浮かべると、よく主の明をぞんざいに扱っていた様子を思い出し、そう納得してしまう。案外、美蘭と気が合うかもしれない。

「それで、もう一度直《じか》に頼んでみようと、そういうことですかね？」

雨妹が問うと、全が頷《うなず》く。

「その通りです。あなたは洪様と面識がおありだということですので、門前払いにはならないだろうと思いまして」

なるほど、遣いであれば他にも誰かいそうなものだが、洪が会ってくれそうな人選が難しかったらしい。

――あの人、すごく癖のある人っぽいもんね。

権力やお金をちらつかせればすぐに頼みを聞いてくれるような、後宮のやり方は通じないだろう。

そういうことであれば、雨妹としては美蘭のためにも力になってやりたくなるのだけれど、一つ問題があった。

「ええと、私の一存で引き受けるわけにはいかないのです」

そう、明家を訪ねるということは、後宮の外へ出るということだ。それは楊《ヤン》から外出許可が下りなければできない。

「もちろん、承知しております。あなたの所の監督者である楊には、私の方から話を通しましょう」

全がそう言うと、この場での話は終わりとなった。

そうして雨妹が全と話をした、翌日の夕食時。

「聞いたよ小妹《シャオメイ》、あの全様から頼まれ事をされたんだって？」

食堂で静と一緒に夕食を食べていると、楊が声をかけてきた。

「そうなんですよ、私もまさか頼まれ事をされるだなんて、驚きました」

雨妹は食事の手を止めてそう返すと、楊が大きく息を吐く。

「お前さんは、気難しいお人と縁を繋《つな》ぐのが上手《うま》い娘《こ》だねぇ。あの方には、どれだけの宮女や女官が指導の厳しさに泣かされたことか」

「ははは、どうしてですかねぇ？」

楊が賞賛ではなく、むしろ憐《あわ》れむような視線を向けてくるのに、雨妹は困ったように頭を掻《か》く。

——まあ、普通に下っ端宮女をやっていると、全様みたいな人とは出会わないよね。

それを言うならば、太子付きの宦官なんていう人と気軽に話すこともないだろう。それがそんな人たちと出会ってしまった雨妹は、幸運なのか不運なのか、判断に迷うところだ。少なくとも、退屈しないことだけは確かだけれども。

「ねえ、その全様って誰？」

そこへ、静《ジン》が興味があるらしく口を挟んでくる。

「怖いお人だよ」

これに楊は静の隣に座り、説明してくれた。

「全様は古参の女官でね、皇帝陛下の次に恐れ多く、怒らせてはいけないお方さ。皇帝陛下なんて雲の上、世界が違うっていう連中からすると、一番怖いお人かもしれないね」

「へぇ～」

静が感心する横で、雨妹も改めてそう言われると、全がどれほど偉い女官なのかを再認識させられる。

雨妹はいつだったか、美蘭が珍しくお茶会を開いた際に野次馬をしたがった有象無象を、全が皆叩《たた》き出してしまったのだと、美蘭付きの宮女に教えてもらったことがあった。一方で雨妹が全と顔を合わせる時は、大抵美蘭と一緒に居る時であるのだが、あまりそういう意味で怖いと感じたことはない。

――美蘭様を萎縮させないように、態度に気を配っているのかも。

そして楊のように、より権力に縛られる立場の者こそ、全が恐ろしいのかもしれない。そんな風

に考える雨妹を余所《よそ》に、

「老師に比べて、どのくらい怖いんだろう？」

静がこのように呟《つぶや》く。今まで人間関係が狭い里の中で完結していた静であるので、権力者への恐怖というものがいまいちピンとこないのだろう。

けれど雨妹が思う全《チユエン》の怖さというものは、そんな権力がどうのというようなものとは、また違っている気がする。

——なんか、なんでも見透かされちゃうような気持ちになるんだよね。

きっとこの百花宮で色々な人たちを見てきた、長年の経験によって磨かれた目故なのだろう。そんなすごい人から頼まれた事とあっては、気合を入れないといけないわけだが。

「あのお方に頼まれちゃあ、否とは言えないさね。早速明日にでも行ってきな」

楊も全には弱いため、そう述べて許可を出してくれた。

しかし、一つ気になることといえば。

「あの、その間静静《ジンジン》は？」

そう、雨妹が面倒を見る静をその間どうするかだ。一応保護の役割もあるため、短時間ならばともかく、丸一日家で留守番をさせるわけにもいかないだろう。

これには、楊が解決策を出してくれた。

「私の手伝いをさせておくよ。いい機会だから小間使いとして、百花宮中を引っ張りまわしてやるかね」

「ええ⁉」

ニヤリとした楊に、静がぎょっとする。

――がんばれ、静静！

雨妹は、心の中で声援を送るしかできそうにない。


そんなわけで、雨妹は外出することになったのだけれども。

「あ、今日は立彬《リビン》、じゃない、立勇《リーヨン》様だった」

今回の外出付き添いも、ひょっとして李《リー》将軍が来るのかと思いきや、立勇であった。宦官《かんがん》姿を見慣れていたので、立勇としての姿が新鮮である。

そんな立勇がジロリと雨妹を見下ろし、言ってきたことはといえば。

「くれぐれも、外で問題ごとを拾うなよ？」

これに雨妹はムッとする。

「失礼ですね！　私はそんな妙なものを拾いません！」

雨妹は確かに前回の外出で静とダジャに出会ったが、彼らを拾ったというか、連れ帰ることを決めたのは李将軍である。決して雨妹ではない。

こうして若干険悪な雰囲気で歩き出した雨妹は、手土産と全から預けられた洪宛の手紙の入った包みを抱え、もう道を覚えてしまった明家《ミン》への道のりを歩く。

やがて明家の近くまでやってくると、雨妹は明の屋敷の前に人影を見付け、それが知り合いであると気付く。

「あ、許《シュ》さん！」

そう、そこにいたのは元宮妓の許子と、その恋人朱仁であった。

「あら、雨妹」

あちらも雨妹に気付いて表情を綻《ほころ》ばせると、足早にこちらに近寄って来る。

「聞いておくれよ。やっと陛下にいただいた屋敷が整ったの」

そして興奮した様子で早口で言われたことに、雨妹は思わず頬が上がる。

「わぁ、じゃあ、いよいよ結婚ですか⁉」

「ふふふ」

雨妹がそう述べると、許は朱と二人で目を合わせ、恥じらうように頬を染めた。

そうなのだ、聞けば許たちは屋敷に移った後、晴れて夫婦になるという約束だったらしい。それがこれで、ついに結婚できるのだ。

「おめでとうございます！」

「ありがとう……これも全て、お前さんや陳《チエン》先生のおかげだ。あきらめなくて本当によかった。何度お礼を言っても、言い尽くせないくらいさ」

お祝いを告げる雨妹に、許は晴れやかな笑顔でそう語る。格好は内城暮らしの娘のものだが、宮妓時代に身につけたちょっと崩れた言葉遣いが、許を身近な存在に思わせる。ずっと大店《おおだな》のお嬢様として暮らしていたならば、身に付かなかったものだろう。これもある意味、許が後宮で手に入れた財産だ。

それにしても、宮妓をしていた頃とはまるで別人のように朗らかな許に、雨妹は目を細める。

「私へのお礼は、その許《シュ》さんの笑顔が一番です」

そう告げた雨妹は、許の手をぎゅっと握る。琵琶《びわ》師のがさついたこの手が、自ら掴《つか》んだ幸せだ。

「この先も、どうか身体《からだ》を大事にしてくださいね」

雨妹の言葉に、許が大きく頷く。

「ああ、これから心機一転、気持ちを入れ替えて頑張るよ」

「応援しています！」

改めて強く手を握り合った雨妹と許を、朱《ヂウ》が微笑《ほほえ》ましそうに見守っていた。

こうして言葉を交わした後、許たちはこれから屋敷の最後の確認をしに出かけるとのことで、雨妹は二人を見送る。

二人が見えなくなると、幸せのお裾分《すそわ》けを貰《もら》えた気分な雨妹は、ほっこりした気持ちだった。

「幸せそうな笑顔って、こちらまで幸せになれていいものですね」

ニコニコしている雨妹を、これまで無言で様子を見守っていた立勇が見下ろす。

「それは同意するが、お気楽すぎるのも問題だぞ」

この立勇の言い方に、雨妹は頬を膨らませる。

雨妹とて言わんとすることはわかるつもりだ。「他人が幸せであるほど妬《ねた》ましくなる」という質《たち》の人だって、世の中にはいる。そういう人たちと比べれば、雨妹はお気楽思考に見えることだろう。

特に立勇のような兵士は、敵を警戒して気持ちがピリッとしている時期であろうから、なおさらだ。けれどお気楽でいいではないか、人生が楽しくて。

「立勇様、今は素直に喜びましょうよ！」

「ふん、お前のお気楽思考に付き合っていると、危なくていかん」

雨妹の苦情に立勇がそう返す。この一瞬すら気を抜かない、真面目な男である。

──でも、あの許《シュ》さんの様子は陛下も嬉《うれ》しいだろうなぁ。

わざわざ髭《ひげ》を剃《そ》ってまで、骨を折った甲斐《かい》があったというものだろう。

そんな邂逅《かいこう》を経て、雨妹はようやく明家の屋敷の前に立った。

「すみませーん！」

明家の表門で声を張り上げると、やがて屋敷から人が出て来る。

「はいはい」

顔を出したのは留守番中の家人、洪雪《ホン・シュエ》であった。明は今近衛での勤めに出ているはずで、洪が対応するのは予想通りだ。

──よしっと、ここからだ！

門前払いをされないために、雨妹は気合を入れる。

「おや、お前さんかい。主《あるじ》なら留守だよ、出直しな」

雨妹の姿を見た洪がそっけない言葉を告げるが、雨妹は笑顔を貼り付かせたまま「いえいえ」と首を横に振った。

「そう言わずに、せっかく用意した手土産を持ち帰ると怒られるんです。『招かれた』っていう事実だけでも作らせてくださいよ、お願いします！」

雨妹がそう訴えつつ、手土産である美娜《メイナ》に頼んで作ってもらった糕《カオ》の包みを少し解《ほど》いて見せる。あと、全が用意した手土産の茶葉もあった。

これを見た洪が「はぁ」と息を吐く。

「仕方ないねぇ、食べ物を無駄にするのはよくない、ああよくないね」

あからさまに糕に釣られて雨妹を屋敷に通した洪は、なかなか雨妹と気が合いそうに思う。

「せっかくの糕だ、少しでも味が落ちない内に食べるのが礼儀だよ」

部屋へ通された雨妹と立勇は卓につくと、そう話す洪に手土産の糕をそのまま出され、洪の手でお茶を淹れてもらうこととなった。

――洪様がお茶を淹れるところを見るのは、初めてだ。

いつもは既に淹れられたお茶を持ってきてもらっていたのだ。

「……」

無言でお茶を淹れる洪は、雑に淹れているように見えて、手つきから指の先まで神経を尖《とが》らせているのが感じられた。全のように、優雅さを追求した淹れ方ではないが、洪はまるでお茶と会話をしているかのように、お茶から目を離さない。

――本当に、全様の先生なんだぁ。

洪がお茶を淹れる姿を、雨妹は感心して見入った。隣の立勇は、全と洪の関係性は知らないはずだが、どこか緊張したように洪の姿を見ているのがわかる。

「どうぞ」

「ありがとうございます！」

「いただきます」

雨妹は立勇と共に洪から淹れたてのお茶を受け取ると、ドキドキしながら口をつける。

――うぅ～ん、美味しい。

雨妹はお茶の味をなにかに例えられるほど、味覚が繊細にできていないのだけれど、「とても美味しい」ということだけはわかる。隣の立勇も、どこか神妙な顔つきでお茶を飲んでいた。

そんな雨妹たちを余所に、洪の方は糕にかぶりつく。

「ふむ、この糕を作った料理人はいい腕だね。やたらに凝っていないのがまたいい」

糕を褒められ、雨妹はパアッと表情を明るくする。

「でしょう⁉　美娜さんの糕は最高に美味しいんですよ！」

美娜の自慢をしてから、しばらくほのぼのとおやつを食べていたのだけれども。

「で？　本当はなにが目的だい？」

糕を食べ終わった洪から、ふいにそう尋ねられる。まあ、半ば強引に押し入った形になるのだから、怪しまれるのも当然だろう。雨妹も残りの糕を口に詰めてしまうと、お茶で口の中を潤してから告げた。

「あなたに――洪雪様にお話があって参りました」

雨妹はそう言うと、全から預かったものを洪に渡す。

「やっぱり、こういうことだと思ったよ」

手紙に記された全の名前を見て、洪が「ふぅ」と息を吐くと、手紙をじっくりと読む。

「まったく、立《リー》、あの娘は」

もう老齢である全を「あの娘」と呼ぶ洪は、困ったような顔をしていた。

「まだ気に病んでいるのかねぇ。全然気にしなくてもいいものを。私を持ち上げて名誉を回復だなんてことは、しなくてもいいのに」

――「名誉の回復」ってなに？

雨妹としては思いもよらない言葉が出たので、不思議に思って首を捻《ひね》る。しかし、これに立勇の方が反応した。

「洪雪……そうか！　あなたは『あの事件』の洪殿か！」

立勇がハッとした顔をするが、あいにく雨妹にはまだわからない。

「あの、なんの話でしょうか？」

雨妹が素直に立勇に尋ねると、「ひっひ」と洪が笑った。

「どうやらそちらの娘は知らぬようだ。その年頃じゃあ無理もないがね」

そう前置きをして、洪は雨妹に問うてきた。

「お前さん、先代の陛下のことを、どれだけ知っているかい？」

「先代ですか？」

　雨妹は目を丸くする。これまた思いもよらぬことを聞かれたものだ。あいにくと雨妹には、先代皇帝の情報はほとんどない。あるとしたら今の皇帝の父、ということはつまりは雨妹の祖父である、というくらいか。

　——そうか、先代って私のお祖父《じい》ちゃんにあたる人かぁ。

　この瞬間、初めてそのことに気付く雨妹である。

　まあ後宮という色々とややこしい場所柄、真実血縁者かどうかはわからないのだけれども。前世の華流ドラマでも、女たちは皇子を産めば出世できるのだということで、どんな手を使っても皇子を産むのだとあれやこれやとしていたものだ。それこそ、密《ひそ》かに男を引き入れて子種を貰うなんてこともあった。

　それで言うと現皇帝は皇后の産んだ皇子にもかかわらず、山奥の田舎に追いやられて暮らしていたと、当の本人から告白を受けたことだし、生まれについて皇后になにか後ろ暗いことでもあったということだろうと、雨妹は踏んでいる。

　——それを言い始めると、今の皇族に本当に最初の皇帝の血が入っているのか？　っていう話になるよね。

　なので、このあたりは言わぬが花ということなのだろうが、それを考え出すと肉親の情ではなく、華流ドラマオタクとしての好奇心が疼《うず》く。

「立勇様、どんな方だったんですか？」

なので自分よりは詳しいだろうと立勇に尋ねると、何故《なぜ》か渋い顔をされる。

「……民から人気のある方だったな」

そして絞り出した答えがこれであった。

——えぇ〜、もっとなんかあるでしょう⁉

雨妹が立勇の話に不満顔になると、洪が苦笑している。

「説明は難しいだろうねぇ。今の陛下とは違って、まあ女好きなお人だったよ」

そう告げた洪曰《いわ》く、先代は権力と女が大好きで強欲な皇帝だったそうだ。当時の百花宮《ひやつかきゆう》には崔《サイ》国のみならず、他国からもかき集められた女がひしめき合っていたという。つまりは今の後宮のほとんど使われない荒れ野部分を作り出した、張本人というわけだ。

「そんな中で、洪殿は先代陛下のお気に入りであったと、そう聞き及んでおります」

するとここで、立勇がそのように述べる。

「そうだったんですか⁉」

またまた驚く雨妹に、洪が嫌そうに顔を歪《ゆが》めた。

「はっ！　お気に入りなんて、そんないいもんじゃあないよ」

洪はそう吐き捨てつつも、「だがねぇ」と話を続ける。

「困ったくらいに強欲な男だったけれども、それでも扱いやすくはあった。ただただなんでも欲しがりな子どもみたいなものだと思えば、やりようはあるさ」

「へぇ〜、そんなものなんですか」

あっけらかんとした調子で話す洪だが、先代皇帝を「強欲」だとか「欲しがりな子ども」だとか評するのは、なかなかの胆力である。

しかし、立勇はなおも言い募る。

「扱いやすいと仰いますが、洪殿がいた頃は後宮でかなり人死にが多かったそうではないですか」

こう立勇が指摘するが、確かに人死にが多いということが事実であれば、扱いやすさというのとは真逆の事実であるように、雨妹も思う。しかし気になるのは、その人死にの理由だ。

「あの、人死にっていうのは、病気でとか……？」

雨妹は恐る恐る尋ねたのだが、洪の答えは全く違った。

「先代が己の子を殺すからさ」

なんとも物騒な話が投下されたものだ。

「先代は強欲だったからね、皇帝の座を誰にも明け渡したくなかったのさ。だからずぅっと跡継ぎの太子だって決めなかった」

けれど、そうなると周囲は先代が亡くなった後のことを心配する。先代の歳《とし》が高齢になってくると「どうか頼むから、太子を決めてくれ」と説得が行われ、本人としてはしぶしぶそれを了承して太子を決めたらしい。

先代がそうやってようやく太子を決めたとしても、やはり嫌なものは嫌だったようだ。太子として優秀な働きを見せれば、なにかしらの罪をでっちあげて殺してしまい、阿呆《あほう》な太子であれば安心してなにもしないが、そのかわり政敵や他国の間者にあっさりと殺されてしまう。状況は以前と変わらないどころか、皇族の人材が減っていく分だけ状況は悪化したと言えた。

――はあぁ、権力者にありがちって言えば、ありがちな展開なんだけどさぁ。

雨妹としても、物語としてはわかりやすい権力者像だと思うけれど、それを現実にやられてしまっては、周りはたまったものではないだろう。なるほど、確かに人死にが多い時代だと、雨妹は立勇の表現が真実だったことに、恐怖するやら感心するやらだ。読み物としては「ふぅん」と思うが、現実にあったとなれば恐怖である。

「洪様、よく生きてましたね？」

雨妹が思わずそう言ってしまうのに、洪は「ふん」と鼻を鳴らして告げた。

「欲に目が眩《くら》むとね、わかりやすいものだって見えなくなるもんさ。私がソレを見抜いたのは、後宮で出世する気がさらさらなかったからだよ。なにせ、嫌いな結婚相手から逃げるために、とりあえず飛び込んだってだけの場所だったからね」

なるほど、誰かから逃げての後宮入りというのは、新入りにありがちな理由の一つである。

それにしても、跡取りを決めたがらないということは、自分がいつまでも皇帝でいたいということで、いつまでも生きているつもりだったということにもなる。

「先代陛下は、すごく長生きするつもりだったんですねぇ。ひょっとして、永遠の命でも欲しがっていたんですかね？　なぁんて、ははは」

雨妹としては冗談のつもりで、これまでの空気を和ませようとしての発言だったのだが。

「おや、上手いところを突く娘だ。少なくとも、先代が道士を大勢抱えていたことは事実だね」

「ひえっ！」

なんと、真面目に肯定で返されてしまった。

――冗談が本当になるなんて、怖すぎる！

雨妹は背中に少々悪寒が走る。そしてもしかして、今道士が偉そうなのはソレのせいなのだろうか？　思わぬところで真実を掴《つか》んでしまった雨妹であった。

なにはともあれ、先代のせいでそんなことが何度も繰り返されたものだから、当然だが誰も太子になんてなりたがらなくなり、有力視されていた皇子はみんな、皇族の身分を返上して臣下に下ってしまう。

こうして有能な皇族が減ってしまった結果として、宮城では様々な執務が滞る事態となったらしい。

「まあ皇族方って、ただ血筋が偉いっていうだけじゃあないですもんね」

洪《ホン》の話に、雨妹はそう述べる。

雨妹がひょんなことから太子宮を訪ねると、太子はいつも忙しそうであることを思い出す。崔の国はこれだけ広いのだから、やることだってきっと膨大にあることだろう。

「そうだな、特に皇族が必要になるのは他国との交渉だ。皇族とは要人であるというわかりやすい証《あかし》だからな」

この雨妹の感想に、立勇がそのように太子付きらしい見解を述べる。

確かに、崔国の皇族は「青い目」というわかりやすい証拠があるので、下手な肩書よりも明確だろう。実際、皇子などはほとんどがなにがしかの要職についているそうで、中でも最も多いのが先にも述べた、他国との交渉に関する職らしい。

しかしこれも、先代の時代に歳月と経験を重ねた玄人皇族がいなくなったことで、現在でも問題が山積みだそうだ。なにしろ年嵩《としかさ》の皇子といっても、現皇帝と同年代がせいぜいなのだ。特に現皇帝が即位した頃は、誰しもが圧倒的に経験不足であったという。

雨妹がわかりやすいように例えるならば、倒産寸前の会社で中堅社員はクビになり社長も夜逃げして、会社についてなにも知らない新人社長と新人社員だけで、残された会社を再建するようなものだろうか？　国がどうのということに比べると規模がかなり小さいが、これだってかなり絶望的な状況だろう。

――ああ、もしかしてそれで黄家《ホアン》と仲よくしよう！　ってことになったのかなぁ？

雨妹はふと、そのように思いつく。黄才《ホアン・ツアイ》が徳妃として選ばれたのも、ひょっとするとそちら方面の能力を期待されたのかもしれない。徳妃であるので宮城の執務には関われないだろうが、当時の外務に携わる者たちは、才の持つ情報が喉《のど》から手が出る程欲しかったことだろう。

そんな雨妹の想像はおいておくとして、話は元に戻る。

「先代はそんな男だったけれど、為政者としては優れていたらしく、民の暮らしはよかったもんだから人気があったんだよ」

すなわち、身内には敵が多かったが、外からは慕われていたというわけか、と雨妹は理解する。

「はぁ～、良くも悪くも歴史に名前が残りそうな方です。きっと歴史の本には肖像画付きで名前が載るんでしょうねぇ」

「ほぅ、面白い言い方をする娘だよ」

雨妹が漏らした感想、この言い方を洪は気に入ったようで、しばらく「くふくふ」と笑っていたが、真顔になって話を続ける。

「けど、困ったことに先代が死んだ後、残された太子や皇子の誰にも国を治める頭がなかったことで、戦乱が起きるんだよ。適任者が誰もいないもんだから、誰しもが『自分が皇帝になれるんじゃないか？』って夢を見てしまった。罪作りなことさ。おかげでこの私が育てたあの坊やまで、戦に駆り出されてねぇ。生き残ってくれてホッとしたよ」

洪が言う「坊や」とは、あの明《ミン》のことだろう。

明に対して結構当たりが強めな洪であるが、親しいからこその態度であって、ちゃんと育てた分だけ愛情が深いらしい。それに戦乱期の明を今から逆算すると、やっと子どもを脱したばかりの年頃だったのではないだろうか？　そんな相手が戦争に引っ張っていかれては、さぞ帰りを待つのが辛《つら》かったことだろう。

けど明はそんな頃に皇帝と出会い、取り立てられるというか、便利に引き回されることとなったのだから、人間わからないものである。

それにしても、これは尼からも聞かなかった昔話であった。

「今の陛下が戦乱を収めたっていうことは教えてもらいましたけど、その前の事情までは知りませんでした」

驚くばかりの雨妹に、洪が「さもあらん」と頷《うなず》く。

「教える方も伝え辛いだろうさ、妙に人気の高い男だっただけにねぇ」

しみじみと語る洪の様子を見て、当時は相当大混乱をきたしたのだろうと雨妹は想像する。

ここまでの話を聞いて、雨妹はなんだか気分が寒くなってしまい、少々温《ぬる》くなってしまったお茶を飲む。それにここまでの話で、全《チユエン》についての話や、立勇曰くの『あの事件』とやらも出てきていない。

これについて、ようやく語られることとなる。

「あの頃、皇帝へ近付いた女は出世をするか、早死にするかのどちらかだったんだ」

洪がその二択をことごとく勝ち抜けた結果、いつの間にか皇帝の傍《そば》近くで働く身分まで出世していたそうだ。本人曰く、無欲の勝利らしい。

「あともう一人、ソレをわかっていたのが皇后陛下、今の皇太后陛下だった。あの男をいい気分にさせるのが、実に上手いお人だったさ。あのお人の前の皇后方は、みぃんな短命だったねぇ」

このしみじみと語られた内容に、雨妹は皇太后の姿を思い浮かべる。というか、そんなにコロコロと皇后が変わったというのも驚きだ。

――ははぁ、そんな大変な時代を、ご機嫌取り一本で生き抜いたのかぁ。

それではあの皇帝が敵《かな》わないのも道理だと、雨妹は父に同情する。

そんな死と隣り合わせな後宮暮らしの中、ある時洪は宮女から出世したばかりの新人女官の面倒を見ることとなったという。

それが全だ。

「全は有能な上、綺麗《きれい》な娘でね。そのせいで、女官に上がって初めて迎える『花の宴』で、変に目立っちまった」

洪はそう話して、その時のことを思い出しているのか、目を伏せる。

——もしかして、皇子にでも絡まれちゃったとか？

それこそ、去年大偉《ダウエイ》皇子に絡まれた雨妹のように。

花の宴には後宮を出た皇子や公主が戻って来るから気をつけろと、雨妹も忠告されたのだ。当時はもっと状況が悪いのであれば、目立つのはさらに避けたいところだろう。

「絡まれたのがやっかいなことに、先代の叔父にあたる皇子だった。ソイツが先代と同じく女好きな男でねぇ。どんなに歳をとっても、花の宴に這《は》ってでも出て来たくらいだ」

「はあぁ、それはまた厄介そうなお人ですねぇ。けど、その皇子殿下っておいくつだったんですか？」

この話に雨妹は眉《まゆ》をひそめつつも、そこが気になる。先代より上の世代の皇子ということは、当時かなり高齢であるということだろう。

これについて教えてくれたのは、立勇だ。

「先代陛下の後ろ盾であったお方だな。叔父といっても、先代とはそう歳が離れていなかったはずだ」

そう説明する立勇はさすが太子の側近、皇族の情報に詳しい。

それにしても、もし自分がその花の宴に参加する必要があるとしたら、仮病でも使って部屋に籠《こも》っていたいところだ。あの他人の髪を切ろうとした皇子だって嫌なのに、そんな病的に女好きなお爺《じい》さんになんて遭遇したくない。しかも殴って逃げては不敬で罰せられるのだから、そうなるとお気楽後宮生活が終わりである。

——絶対に嫌だ！

雨妹は別に今世で「好きな相手と人生を添い遂げたい」という願望がそう強いわけではないが、かといって好きでもない相手と添い遂げたいわけでもない。

「じゃあそのお爺さん皇子様に、全様は絡まれちゃったんですか？」

「そういうことだよ。そんな爺さんに貴重な働き手を減らされるなんて、こっちはたまったもんじゃあない」

それというのも、当時の女官は人手不足であったのだそうだ。なにしろ妃嬪《ひひん》がやたらに多くて、お世話の女官がいくら居ても足りない。その上その少ない女官を、先代皇帝は気に入れば手を出し、すぐに女官を辞める羽目になってしまうのだから。

「立《リー》は優秀なんだ、それを潰《つぶ》されるなんて我慢ならないよ。だから危ういところに間に合ったから、殴って取り返したさ」

そう語って「ふん！」と鼻を鳴らす洪だが、雨妹は今、なにかすごいことを聞いた気がする。ギュン！　と立勇の方を見ると、あちらは頭痛を堪《こら》えるようにこめかみを押さえていた。

「え、殴っちゃったんですか⁉　お爺さんとはいえ皇子殿下を⁉」

雨妹は叫ばずにいられなかった。

自分は「殴って逃げるわけにはいかない」と考えていたのに、なんと殴って逃げた猛者が目の前にいたなんて。さすがの雨妹も、これにはあっけにとられるばかりだ。

しかし洪はなんてことない顔で話を続ける。

「あんまり腹が立ったもんだから、殴らずにはいられなかったんだよ。ひっひ、あの殴られて驚く顔は見物だったねぇ。きっと親にも殴られたことがない爺さんだっただろうさ」

愉快そうにする洪だけれど、当然問題にならないはずがない。皇子は「不敬で無礼な振る舞いだ」と洪を責めたてたという。

「爺《じじ》ぃ皇子め、『処刑だ』ってわめいて騒いで、うるさいのなんの。そうしたら場を取り成しに皇帝が現れたものだから、苛立《いらだ》ちついでにそっちも殴ったんだよ。『誰のせいで人手が足りないと思っているんだ！』ってね」

さらにすごい話を聞いたように思うのだが。またまた立勇を見ると、無言でため息を吐《つ》かれた。

――それ、皇帝陛下を殴る必要ってありましたか？

「苛立ちついでに」ということは、八つ当たりということにならないだろうか？

雨妹は自分に置き換えて考えてみても、父とはいえ、あの皇帝を殴れる気がしない。皇帝という存在を殴った後のことが頭の中をグルグルとして、きっと手が動かないに違いない。わんさかいるであろう護衛たちに、ボコボコにされてしまうことであろう。雨妹はヨボヨボのお婆さんになるまで長生きをするつもりなのだから、そんなことで成敗されて命を散らしたくはないのだ。

いや、その前にあの父を殴るには、雨妹の身体能力が足りない気がするけれども。

ともあれ、恐ろしい物を見る目になった雨妹に、洪は「ふん！」とまた鼻を鳴らす。

「なぁんかイラッとする顔をしていたんだよ、あの男が」

なんとも悪びれない洪だけれども、雨妹が問いたいことは。

「あの、それにしても、よく首が飛びませんでしたね？」

そう、これである。

「物理で」という言葉をかろうじて呑《の》み込んだ雨妹だが、言わんとすることはあちらに伝わったらしい。答えてくれたところによると。

「あの男を殴ったのは、それが初めてじゃあなかったからね。問題視されたのはむしろ爺ぃ皇子の方さ」

「え、皇帝陛下を殴ったのが、一度じゃあないの⁉」

またまた驚き発言が出て、雨妹はまたまた叫んでしまう。

何度も驚く雨妹の隣で、立勇がため息を吐く。

「女官の間での伝説だそうだ、『皇帝を殴って生き延びた女』としてな。私も母上に聞かされた。まさかその『伝説』が、かような場所にいようとは……」

立勇がしみじみとそう告げる。なるほど、雨妹は今伝説を目撃しているところであるようだ。

とにかく、洪は先代皇帝を殴ったことは不問にされたが、お爺さん皇子の件は不問になどならず、むしろ「首をよこせ！」と騒がれたらしい。それでも懸命な先代皇帝の取り成しで、首をよこさずには済んだようだが、後宮追放は免れない事態となったという。

「それも、あの爺ぃ皇子は『奴婢《ぬひ》に落とせ！』なんて騒いだけどね」

そう洪《ホン》が告げる。

まあ、殴った相手が老人だとはいえ皇子であるので、その意見が行き過ぎであるとは言えないように、雨妹としては思える。しかしこれも皇帝が必死に取り成し、洪は奴婢になるのは免れたのだという。

――先代陛下は殴られてもなお、洪様を庇《かば》い立《だ》てしたのかぁ。

それでは周囲から「お気に入り」と評されるのもわかる気がする。けれど、先代皇帝はどうしてそうまでして洪のことを庇ったのか？　なにか弱味でも握られていたのか？　雨妹のこの疑問は、隣の男も同様に抱いたらしい。

「先代陛下は何故、そうまでしてあなたを庇われたのでしょうか？　それが未だに謎とされていると、聞いております」

この問いに、洪がニヤリとした顔になる。

「あの男はね、私にちょいとした恩があったのさ。女好きな皇帝陛下だったけれど、あれで純粋でもあってねぇ。男は幾つになっても、たとえヨボヨボの爺さんでも、みぃんなどこか若造みたいに青臭いところがあるものなんだよ」

「純粋、ですか？」

女と権力が大好きな皇帝と、「純粋」の二文字が結びつかない雨妹は、唸《うな》りながら眉を寄せる。

隣の立勇がどこか腑《ふ》に落《お》ちない顔で黙り込む。

――恩かぁ、どんなものだろう？

雨妹は色々と妄想してしまうが、その後の洪の処遇も気になる。

後宮追放となれば、尼寺行きとなるのが通常の処分だ。しかし洪は尼寺には行かず、明家の家人となっているわけで。

「どうして、尼寺行きにならなかったんですか？」

率直な雨妹の問いに、洪が答えたところによると。

「私が行きたくなかったからだね」

なんでも最初は、皇帝から上位妃嬪並みの待遇が約束された尼寺を斡旋《あっせん》されたのだそうだ。死ぬまで贅沢《ぜいたく》な生活が保証されるので、どうかこの処遇をのんで欲しいと懇願されたという。けれど洪はこの提案を断ってしまう。

皇帝に懇願されるというのもすごいのだが、それを断ったというのだから、洪はもっとすごい性格をしていると言える。しかも尼寺には行きたくなかった、その理由はというと。

「だって、行かされる尼寺だってしょせんは『第二の後宮』じゃないか」

とのことである。

実は洪はその頃には、後宮暮らしに飽き飽きしていたのだとか。なので正直、後宮追放というのは万々歳なことだった。なにしろ、女官は自分の意思で後宮を出ることはできないのだから、絶好の機会が巡ってきたと、むしろ当時洪は大喜びだったのだそうだ。

だというのに、「後宮もどき」に入れられるなんて冗談ではない、ということである。なんとかこの事態を回避したい洪は、なにかいい方法はないかと懸命に考えた。

「それで考えたんだよ、『罰としか思えないようなものすごい田舎に行けばいいんじゃないか？』ってね」

そして計画を立てたのが、ド田舎者と婚姻を許された妃嬪に側付きとしてくっついていく案である。そこでの暮らしがとてつもなく不自由な環境だと認定されれば、罰として採用されるかもしれない、というわけだ。なんとも、妙な抜け道を考えたものである。

「っていうか、それってもしかして心当たりが既にあったんですか？」

あまりにも具体的な思い付きに、雨妹が疑いの目を向けると、洪は「もちろんさ」と頷く。

「ちょうど、もう妃嬪として存在も忘れられてるような娘と、その娘を未だ想《おも》い続けている近衛の若造のことを、知っていたのさ」

洪は「この二人にくっついて抜け出すしかない！」と心に決め、人脈を駆使して手紙のやり取りやらなにやらで二人の心を通じ合わせ、「近衛の若造」になにかしらの手柄をでっちあげ、褒賞としてその忘れられた妃嬪と婚姻させることに成功したのだ。

二人が想い合っていたのであれば良いことだろうが、やっていることの強引さといったらない。

——洪様ってそうまでして、後宮から出たかったのかぁ。

野次馬根性で後宮まで来てしまった雨妹とは、真逆の行いである。そして達成したのだからまたすごい。

「私としては『やってやった』という気持ちだったんだけどねぇ、一つだけ計算外だったのが、立に泣かれたことだよ。『自分のせいでそのような哀れなことになった』とね」

洪は唐突に舞い降りた後宮脱出の絶好の機会を得られたことに満足だったにもかかわらず、全《チユエン》はその洪の行いがさっぱり理解できなかったらしい。そして「己に気を遣わせないために、そのような強がりを言っているのだ」と信じて疑わず、ずっと悲しそうな顔をされたのだという。

――まあ、当時女官に上がりたてだった全様なら、洪様の本音を理解できなくても仕方ないかな。

雨妹としては、己の心情とは真逆の行為ではあるものの、洪の気持ちもわからなくもない。自由を何よりも求める者からすると、後宮暮らしは息が詰まることであろう。けれど、おそらくはまだ歳若く「女官らしい女官」であった全からすると、洪の「後宮から出たい」という気持ちを理解する材料は、全のそれまでの経験の中で持ち得なかったのだ。

「けど私がいなくなった後、立には頑張ってもらうことになるからね。必死に慰めたさ」

洪は「本当に気にすることなどない、自分は好きで出ていくのだから」と何度も言い聞かせ、全もこれが理解できずとも渋々納得できたとはいえ、「そもそも事件の元は自分のせいなのだ」という罪悪感は消せないでいたそうだ。

「まあ実際に、立が迂闊《うかつ》だったのは確かさ。爺ぃ皇子には気を付けろと、私だってちゃあんと忠告してあったんだから。あの娘はあの頃、自分のことを低く評価するところがあってねぇ、私の忠告を自分に関係があると思っていなかった節がある。そのせいで宮女へあれやこれやと言いながら、爺ぃ皇子の目の前にまで自ら進み出てしまったんだ」

洪が昔を思い出すように遠い目をして、全のことをそう語る。

「へぇ、あの全様が……」

今の全の、女官として誰からも恐れられる姿からは想像できず、雨妹が目を丸くする一方で。

「しかし、そのようなことがあったのであれば、何故全殿は先代陛下に召し上げられなかったのですか？」

立勇としてはそこが気になったらしく、思わずといった調子で問う。

「そのように目立ってしまわれたのであれば、洪殿が去った後に興味が湧いたと、先代から召し上げられても、おかしくないように思えるのですが」

「うぅむ、確かに」

この立勇の指摘に、雨妹も思わず頷《うなず》く。そんなにまで先代が女好きであったのならば、洪が傍にいて守っている間はよかっただろうが、その洪がいなくなった後で手を出しそうに思える。

「それが、あの男の扱いやすいところだよ」

しかしこれに、洪はヒラヒラと手を振って告げた。

「あの男は未遂であれ、他人の手がついた娘には興味がないのさ」

これを聞いて、雨妹はピンとくる。

「それって、処女信仰的なことですか？」

いわゆる「付き合うならば、清純な乙女がいい」という好みが、強い拘《こだわ》りによる絶対条件と化してしまった場合である。

「お前はまた、そういう発言は慎めというのに……」

立勇には雨妹の口から「処女」という台詞《せりふ》が出たことにぎょっとされてから、そう言ってため息を吐かれた。

「ふっふ、妙な言い回しをする娘だ、そういうことだよ」

洪はというと、雨妹の言い方を可笑《おか》しそうに笑い、肯定した。

なんでも先代は「誰かのお手付きになってしまったかもしれない」という可能性だけでも嫌ったらしく、それで全は先代の女好きの魔の手から逃れられたのだ。

そんな事情なので、実は後宮内に大勢いる妃《きさき》たちは、みんな一度床を共にしたならば、二度目はなかったという。けれど一度自分のものにした女は、他人に譲りたくないのだそうだ。

——そりゃあ、後宮も、後宮の中は女がみっちり詰まっちゃうよね！

事実当時は後宮も、後宮から辞した女を受け入れる尼寺も、皇帝の妃でパンパンだったそうだ。

それはともかくとして。

このようにして落ち込む気持ちを立て直せないでいた全を、洪としても放ってはおけない。

それで洪はある時、全に「お茶を淹れてくれ」と頼んだ。言われた通りに全がお茶を淹れると、しかし洪はそのお茶を「不味《まず》くて飲めたものではない！」と突き放し、淹れ直しを要求する。これが、毎日何度も繰り返されたのだという。

洪のこの行為は、傍《はた》から見るといじめにしか見えない。なので周囲は洪を「新人に八つ当たりをして、みっともない！」と蔑《さげす》み、全に他へ異動するようにと勧める者が多かったそうだ。けれど全はそれを断り、愚直に何度もお茶を淹れ直したという。

そして何度もお茶を淹れ直すうちに、全は今の状況を嘆かなくなっていく。

「へぇ～、お茶を淹れ続けて、気分が落ち着いたんですか？」

感心半分、疑い半分といった調子の雨妹に、洪が言うには。

「お茶ってのは案外繊細なものでね。ささくれ立った気分でいると、ささくれ立ったお茶の味になるのさ。美味しいお茶を淹れようと心掛けると、己の心も自然とお茶に寄り添って落ち着いてくる。己と対話をするには、うってつけな作業だったんだよ」

そう話す洪の言葉には、不思議な力があった。

――私、お茶をそんな風に考えて淹れたことがなかったなぁ。

そう思う雨妹の隣では、立勇が思案気な顔をしていた。雨妹よりもお茶を美味しく淹れる立勇であるので、洪の言葉がもっと心に響いているのだろう。

「けど、そういうことをちゃんと話していれば、洪様が周囲から悪く言われなかったんじゃあないですか？」

雨妹が気になったことを尋ねると、洪は「ふん」と鼻を鳴らす。

「ああいうのはね、口や手でどんなに説明をしても、結局は自分で求めないとわからないものさ。全には同じことをやり続ける根性があった」

そして、全が合格点のお茶を淹れることができたのを見届けた直後、洪は妃嬪の明家《ミン》への輿入れ《こしい》に付き添って後宮を辞した。

「はぁ……」

雨妹はため息のような、そんな声しか出せないでいる。

――すごいなぁ、達人っていう人たちは。

雨妹はまだその域に達するようなものを、なにも持ってはいない。けれど余人に理解が及ばないからこその、達人なのだろう。


なにはともあれ、全と洪との経緯はよくわかった。

けれど、雨妹がここへ来た目的は、まだ達成できてはいない。

「洪様の身の上については、よく理解できましたけれど、今回はそのこととは別件での頼みなんです」

雨妹は背を正し、改めて洪へ告げる。

「ほぉう？」

すると、洪が眉《まゆ》を上げてジロリと睨《にら》むように視線をよこしてきた。その洪の目力に負けないように、雨妹はぐっと腹に力を入れる。

「あの、実はですね、全様の今の主《あるじ》であるお方が、お茶の淹れ方を学びたいと仰っているそうなんです」

「美蘭《メイラン》様がか？」

雨妹が事情を説明すると、先に驚いたのは立勇の方だ。

「そりゃあ、手紙にも書いてあったさ。だがそんなもの、立《リー》でも教えられるだろうに」

「まあ、それはそうなんでしょうけれども」

しかし、全の本当の目的はそこではない。だがそれを率直に話し、この洪《ホン》は「それならば」と承知してくれるだろうか？　雨妹がどう話を持っていこうかと、思案していると。

「もしや全殿は美蘭様を、洪殿と会わせたいのか？　確かに、振る舞いに迷いのあるお方だとは思っていたが」

「そう！　そうなんです！」

隣からの思わぬ助け舟に、雨妹は大きくコクコクと頷く。

美蘭は己の振る舞い方を、いまいち決めかねているところがある。大勢の妃嬪たちのように品良く微笑んでおけば、しくじりは少ないだろう。けれど、それでは美蘭の美点が消えてしまうのではないか？　と雨妹は危惧《きぐ》してもいた。

きっと美蘭が黄《ホアン》家の面々の中から選ばれた際に、黄家の偉い人が何事かを吹き込んでいるのだろう。才《ツァイ》はそんなものを気にしない心の強さがあるが、美蘭はそうまで振り切れていない。

「素のままの美蘭様の方が、きっとすごく可愛《かわい》いのに！　もったいないですよね⁉」

「まあ、あのお方の真面目さが悪い方面に作用しているとは、私も思う」

立勇も、美蘭の普段の態度と太子の前での態度の違いに、どうしたものかと心配してはいたらしい。

「なんだ、人助けかい？　そうならそうと書いてくれればいいものを。いや、それを書けなかったから、『お茶の指導を頼みたい』だなんて薄い手紙になったってことだろうかね」

さすがは元腕利き女官、雨妹と立勇の会話を聞いて、黄徳妃宮の内情をほぼ正確に言い当ててみせる。

雨妹も洪とこうやって話をするまで、全の狙いがあまりよくわかっていなかったけれど、今ならわかる、全は洪に受けた「お茶の指導」を、美蘭にも施してほしいのだ。

――あれだ、洪さんって優秀な心理の相談員なのか。

全は美蘭には「心の治療」が必要だと、そう考えているらしい。美蘭は漁師の娘であったのが、突然黄大公家の媛《ひめ》様へと強引に成り上がらされたのだ。それなりに振舞ってみせているものの、気持ちが追い付かないのも無理はない。

「なんとか、お願いできませんか？」

雨妹が頼むのに、洪は「ふぅむ」と唸《うな》った。

「まあ、今の私は明家の家人さ、私の一存じゃあなんとも言えないね」

その答えは了承ではないものの、前向きな言葉が貰《もら》えただけでも良しとしよう。

長々と話し込んでしまったが、雨妹は話すべきことも話したので、お暇《いとま》することとなった。

「お邪魔しました、明様によろしくお伝えください」

「ああ、糕《カオ》はちゃあんととっておくよ、少しはね」

雨妹の挨拶《あいさつ》に、洪はそう言って「ひひひ」と笑う。あの調子だと、明へと渡る糕は数が減りそうだ。

いよいよ帰ろうという時になって、雨妹はふと尋ねてみた。

「皇帝陛下への恩って、どんなものだったんですか？」

どうしても気になっていたので、駄目元で聞いてみたのだ。

すると、「そんなことは言えない」と突っぱねられるかと思いきや。

「……もう時効ってことでいいかねぇ？　お前さんは縁があるようだし。ちょいと耳を貸しな」

「はい！」

ススス、と洪へと近寄った雨妹の耳へ、ひそひそと語られた内容に、驚いて目を丸くする。

「ははぁ～、そうだったんですねぇ」

「そら、案外純粋だろう？」

雨妹の驚きの声に、洪がニヤリとした。


それから明家の屋敷を出て、宮城へ向かってしばらく歩いていたのだが。

「……洪殿は、なんと仰ったのだ？」

ふいに、立勇がそう問うてきた。やはり雨妹と洪との内緒話の中身が気になっているらしい。

「それは、秘密厳守です！」

しかし雨妹はそう言うと、ムッと口をつぐむ。

洪がなにを話したのかというと、こういうことだ。

「あの男、母上様の膝枕《ひざまくら》がないと眠れないんだとさ。私の膝がね、母上様のそれに似ているんだって言っていたよ」

それで、たまに眠るために膝枕を求めてきたのだという。なんとも、まさか多くの女たちを後宮内に抱え、強欲皇帝だと言われている先代皇帝。そんな男が真に求めていたのは、母の膝枕だなんて。

――もしかして、理想の膝枕を求めて、とにかく女の人をたくさん集めていったのかなぁ？

後宮が女でいっぱいになった理由を、雨妹はそんな風に想像する。そして洪という理想の膝枕と出会えたわけだが、その洪が後宮を去ってから、明の年齢などから逆算してみると、先代は十年程は生きていたのではないだろうか？　唯一得られた理想の膝枕を失ってしまった先代のその間の喪失感は、いかばかりだったのか？

雨妹は母の面影を求めた先代を想像して、立勇に尋ねてみる。

「先代陛下の母君は、ひょっとして早くに亡くなられたのですか？」

立勇からすると話が唐突に飛んだ形になり、「なんの話なのだ」と呆《あき》れられたものの、それでもちゃんと答えてくれた。

「先代陛下がまだ幼少の頃、毒を盛られて亡くなったと記録にある。本当は先代陛下の方を狙ったのだが、それを母君が誤って飲まれたのだというのが、有力な説だな」

なるほど、なかなかに悲劇的な母との別れである。それで先代は余計に、母への想いが募ったのかもしれない。

思えば現皇帝である父は母の愛に恵まれず、先代もまた失《な》くした母の愛を求めていた。

——そういえば、太子殿下のお母様の話も、あまり聞かないなぁ。

皇帝になるべき人物とは、母の愛が遠くなる定めであるのだろうか？　それはなんという孤独な定めであろうかと、雨妹は想像する。

「やっぱり私は、下っ端宮女でいるのが気楽だなぁ」

しみじみとそう漏らす雨妹を、立勇がちらりと見てきた。

「どういう経緯でその思考に至ったのかは謎だが、下っ端が気楽だというのは同意だな。下っ端でいる時は、偉い人物が己に理不尽を押し付けてくるように思うが、いざ自分が偉くなると、もっと大きな理不尽に直面するものだ」

立勇が実感の籠《こも》った声でそう述べた。きっと太子付きの立場を、周囲からあれやこれやと言われるのだろう。きっとそのあれやこれやの面々は、この男が近衛と宦官《かんがん》の二重生活をしているだなんて想像もしないに違いない。

「そうですよねぇ、偉い人のことなんて、実際に偉くならないとわからないんですよ」

そう言って「うんうん」と頷《うなず》く雨妹に、立勇がため息を吐く。

「雨妹よ、妙にわかった風なことを言っているが、お前はまだ立派に下っ端だぞ？　それとも、もっと偉くなって実感したいか？」

「それは、ご遠慮申し上げます！」

立勇のこの言葉に、雨妹は慌ててブンブンと首を横に振る。

「あ、そうだ！」

するとこの時、ふいに言わねばならないことを思い出した。

「立勇様、今日の事はくれぐれも、太子殿下には内緒でお願いします！」

そう、全《チュエン》が言っていた「太子殿下を驚かせたい」ということならば、お茶に関しては美蘭の密かな作戦なのだろう。であれば、太子当人に漏れることは、避けなければならない。

真面目な顔で言ってくる雨妹に、立勇もあらましを察したようだ。

「……わかった、なんとか誤魔化しておこう。こういうことは、他人が口を挟むと拗《こじ》れるからな」

立勇がこのように約束してくれたので、この件についてはひとまず安心だろう。

それにしても、と雨妹が思うのは。

――洪様のこと、あの父は知っていたのかなぁ？

明を昔から取り立てていたのだから、洪とだって会っていたはずだ。それともひょっとして、父は明と出会った当時は、「伝説の女官」の存在を知らなかったのだろうか？　どうやら不遇の存在で宮城から遠く離れて育ったらしいので、あり得ることではある。

もしくは、後宮での生活を全く知らずに育った若き皇帝に、洪が後宮生活指南でもしてやったのだろうか？　未だ皇太后の力が強いとはいえ、それなりに後宮を維持できていたのだから、これもあり得ないことではない。

先代皇帝の母を恋しがる気持ちが洪を生かして後宮の外へと導き、巡り巡ってあの父を助けたのだとしたら、縁とは本当に不思議なものであろう。

まあ、全ては雨妹の想像でしかないのだけれども。


雨妹が帰ったのは、もうじき夕食時かという頃だった。

「ただいま戻りましたぁ！」

雨妹が帰ってきた報告をしに楊の元へと行くと、静《ジン》が泣き付いてきた。

「聞いておくれよ、楊様が酷《ひど》いんだ！」

「え、なになに⁉」

涙目で訴える静に驚く雨妹だったが、楊が向こうでため息を吐いている。

「人聞きの悪いことを言うもんじゃあない。会合にお供させただけじゃあないか」

「ずっと座っていて、足が痺《しび》れたよぅ」

なるほど、楊は人が集まっての話し合いというものを経験させようと、静を連れて行ったようだ。

それで大人しく座って見学していた静だけれども、山越えをしてみせるくらいに足の怪我には強かったが、座ることでの足の痺れには弱かったらしい。

——足の痺れって、慣れないと辛いもんねぇ。

それでは、静の涙目の理由も理解できるというものだ。

「ふふっ、痺れない座り方の勉強をしないとね、静静《ジンジン》！」

「ふえぇ、先に知りたかったよぅ」

そう笑って話しかける雨妹に、静がもっともなことを言うのだった。

第四章　お茶淹れ修業

雨妹《ユイメイ》が明《ミン》家へ洪雪《ホン・シュエ》を訪ねてから、しばらく経《た》った。

現在、雨妹はごみ捨て場でごみを燃やしているところである。

「静静、そっちの火は消えた？」

「……ん、消した！」

雨妹が尋ねると、静が念入りに燃えかすに土をかけたり足で踏んだりして、報告してきた。

集めたごみを燃やすのも掃除係の大事な仕事で、特に台所番と同じく火を扱うということで、火の気の取り締まりにはものすごくうるさい。なので何度も火の気がないかを見て、消火を確認する。

「よし、じゃあこれで掃除は終わり！」

雨妹がそう宣言した、その時。

「おうい、雨妹！」

上から声が降って来て、ガサガサッと木の枝を揺らして降りてきた影は、案の定美蘭《メイラン》であった。

――相変わらず、木の上から現れる人だなぁ。

雨妹は既に慣れてしまった行為であるが。

「うひゃっ⁉」

一方でこの美蘭の登場に初めて遭遇した静は、驚いてしゃがみこんでしまう。

この悲鳴を聞いて、美蘭は初めてこの場に雨妹以外の者が居たのだと気付いたらしい。

「おや、そっちは誰だい？」

興味の視線を向けてくる美蘭に、雨妹は静に手を貸して立ち上がらせながら、説明する。

「私に任されている新入りです！　ほら、ご挨拶！」

「何静《ホー・ジン》です」

雨妹に促され、静は名乗って礼をとる。今の静は一番の新入りであることが確実なので、下手《したて》に出ておけば間違いないのだ。

「そっか、何静ね。よろしく！」

美蘭は気軽に静にヒラヒラと手を振り、次いで雨妹の方を見ると。

「それでさぁ！　ねえ、一緒に居ておくれよ！」

唐突に、そんな頼みごとを口にしてきた。

「……って、どこにですか？」

雨妹は思わず、そう尋ねる。肝心のことを端折《はしょ》って話されても、返事をしようがない。

これに、美蘭が語るには。

「なんだかさぁ、今度すんごいお茶の先生とやらに、会わなきゃいけなくなったんだよ！　怖いじゃないか！」

悲愴《ひそう》な顔になっている美蘭だが、雨妹はその内容に心当たりが大いにある。

——ああ、洪様がとうとう引き受けたのか！

どうやら雨妹が出向いた効果はあったようだ。労力を使った身としては安堵《あんど》であった。

一方で、美蘭は自分で言い出した事であるものの、想像よりも大事になりそうな様子に、戸惑いと慄《おのの》きを感じているようだ。それで、一緒に居てくれる道連れを求めて雨妹を訪ねてきたと、そういうことらしい。

「そう怖がらなくてもいいと思いますよ？」

雨妹は己が洪を訪ねたことは、言えばなんとなく恩着せがましいような気がして、そこは告げずに美蘭にそう話す。しかし美蘭は「けどさぁ」と及び腰だ。

「一人だと心細いんだよ。そうだ、あの時の鈴鈴《リンリン》も誘おうかな⁉」

挙句に鈴鈴の名前まで出してきたので、心細いというのは真実らしい。

「それとももしかして、私がお茶を淹《い》れたいっていうの、変だったのかなぁ？　だから遠回しに止《や》めさせようとしているとか……」

果てには、美蘭はそんな疑念まで抱く始末だ。奔放な性格に見えて、なかなか繊細なところがある人である。

「そんなことはないですよ！　王《ワン》美人はよく皇帝陛下に自らお茶を淹れるって、いつだったか仰《おっしゃ》っていましたし」

「そっか、いいんだ。けどさぁ……」

雨妹が励ましても、美蘭はまだ心配をする。

――もしかして、「先生」っていうのが怖いのかな？

なにしろ美蘭は黄家《ホアン》で媛《ひめ》様育ちをしたわけではないのだから、「教育」というものに高い壁を感じていても無理はない。美蘭はちょっとお茶を淹れる手順を教えてもらえれば十分だったのだろうが、全はそうは受け取らなかったというわけだ。

けれど、後ろ向きな美蘭を放ってはおけない。雨妹だって慣れない土地で奮闘する美蘭の力になってやりたいのだ。

というわけで。

「静静、美味《おい》しいお茶の淹れ方を教えてもらいに行くよ！」

雨妹は、美蘭のお茶修業のお供をすることになった。

「え、私も？」

ついでに巻き込まれることとなった静は、一体なんの話なのだか、さっぱりわかっていなかったけれども。


このようにして美蘭に突撃されてから、数日後。

雨妹は静を連れて、後宮と外とを繋《つな》ぐ場所である狭間《はざま》の宮までやってきていた。

「はぁ～、ここまで来たことないなぁ」

雨妹は目の前の建物を見上げて、ため息を吐《つ》く。

実は雨妹、この狭間の宮の奥まで入ったのはこれが初めてである。後宮の外と接する宮であることから、外から最低限の生活必需品を仕入れている店が表にあるのだが、その店は宮の端にあって、この後宮側の門まで来ることはない。その端の店とて、来るのは本当にたまにであるというのに。そもそも狭間の宮で外の者と面会できるのも、ある程度の身分以上に限られている。面会の自由も、権力者の特権であり、つまり雨妹みたいな下っ端宮女には宮の中へ入る機会などないのだ。

——また新たな場所に入れてしまった……！

華流オタクとして、着々と後宮攻略を進めている雨妹である。

ともあれ、雨妹はその門を見張っている宦官に近付くと、事前に貰《もら》っていた許可証を見せる。

「確認した、通ってよい」

この宦官には話がちゃんとついていたらしく、雨妹の持つ通行許可証を見て、中へ通してくれた。

「あの、この『蓮《はす》の間』というところまでは、どのように行くのでしょうか？」

「こちらの回廊に沿って進めば、蓮の絵が描かれた扉があるから、そこだ」

雨妹が尋ねると、その宦官は丁寧に教えてくれる。

「わかりました、ありがとうございます！」

「ありがとうございます」

雨妹が礼を言うと、静も真似《まね》をして礼を言う。

この静は、おそらくわけがわからないままにここまで来ているだろう。そもそも狭間の宮がどのような建物なのか、雨妹とて一応説明はしたものの、田舎者ゆえに後宮での序列などもあまり理解できていないと思われる。なので今回静が緊張するかと思っていたのだが、今のところの様子を見るに、どうやら緊張するための知識が追い付いていないらしい。

——まあ、変にガチガチに緊張するよりは、いいのかな？

というよりも、後宮という場所の様々なことに、最初から熟練女官並みに詳しかった雨妹の方がおかしいのであって、新入りとしては静の方が普通であろう。

そんな新入りの普通についての考察はおいておくとして、今はこの狭間の宮を心行くまで楽しむことが先だ。

「なかなか豪華な造りになっているんだなぁ」

雨妹はきょろきょろとしながら回廊を歩きつつ、思わずそう零《こぼ》す。けれどここは外の者が唯一後宮を覗《のぞ》ける場所であるので、見栄を張るのも道理だろう。

「ねえ、なんかしぃんとしていて、怖くない？」

一方で静は知らない場所が怖いのか、雨妹の背中に隠れようとするものの、静の方が背が高いために隠れられていない。

二人でこのようにして歩いていたのだが、やがて扉が見えてきた。

「あ、ここかな？」

あの警護の宦官《かんがん》から聞いた通り、蓮の花が描かれた扉である。念のために扉の向こうへ耳を澄ませると、聞き覚えのある声が聞こえて来た。雨妹はその扉をコンコンと叩《たた》き、「張雨妹《チャン・ユイメイ》です！」と名乗る。

「入りなさい」

すると中から全《チユエン》の声で返答があり、中へ入ると扉のすぐ傍にその全がいた。

「本日はお世話になります」

「お世話になります」

雨妹が挨拶《あいさつ》をするのを、静も真似をする。どうやら先程から、「偉い人に対しては雨妹の真似をしておけば失敗しない」と思っているようだ。静の学ぼうとしている姿勢を感じて、雨妹はほっこりした気分になる。

「来たね」

部屋の奥にいる美蘭は、雨妹が約束通りに現れたからだろうか、あからさまにホッとしている。しかし今の美蘭は徳妃としての格好をしておらず、下級宮女のお仕着せ姿だ。どうやら今回、お忍び姿でいるらしい。

「雨妹さん、楽しみですね！」

次いで二人に声をかけてきたのは、既に部屋で待っていた鈴鈴だ。美蘭は本当に彼女にも声をかけたらしい。下級宮女の姿でいるのも、静とこの鈴鈴を巻き込むためなのだろう。

「なんでも、すごいお茶の達人だって聞きました。どんな風だったか、玉秀《ユウシオウ》様に後でお教えするんです！」

鈴鈴は純粋にお茶の勉強ができることを、楽しみにしているようだ。場に居るだけで雰囲気を和ませるところがある鈴鈴なので、美蘭も外せない人選だったのだろう。

「そちらは、もしかして噂《うわさ》の新入りさんですか？」

その鈴鈴は、そう言いながら雨妹の後ろにいる静を覗き込んでくる。

「あ、えと……何静です」

静は少々わたわたとしていたけれど、雨妹に促される前に自己紹介をした。

――おお、自分から挨拶したよ！

これも、鈴鈴が威圧感を出さない和み系宮女だからだろうか？

そんな風にして、雨妹たちが話をしていると。

「気楽でいいな、お前たちは」

そう呆《あき》れた調子で言ってきたのは、立彬《リビン》である。

そう、何故《なぜ》かこの男もここにいた。

「立彬様、どうしてこちらに？」

どうしてここにいるのか本当に謎だったので、雨妹はスッと立彬の方へ寄って率直に尋ねてみる。

するとこれに苦々しい顔になった立彬が、鈴鈴と静を憚《はばか》って声を潜め、雨妹に告げた。

「さすがに徳妃と外部者の面会を、自由にさせるわけにはいかない。明賢《メイシエン》様の側からの目付け役だ。というより、母上の目を誤魔化すのが大変だったのだぞ？」

立彬はどうやら本当に苦労をしたようで、げっそりとした表情である。けれどまあ、雨妹にも彼の苦労の想像はつく。

――楊《ヤン》おばさんだって、会いたがったくらいだしねぇ。

雨妹が先だっての外出の目的から話をすると、楊はあからさまに羨《うらや》ましがり、「できるならば遠目にでも覗きたい」などと漏らしていたものだ。それがなにかと鋭い手練《てだ》れ女官である秀玲《シオウリン》となると、立彬も誤魔化すことは相当苦労したことだろう。「あの伝説の女官現る！」と聞き付ければ、秀玲とてなにを押してでも飛んできそうな気がする。

けれど太子の側近である秀玲にこの場へ来られては、美蘭《メイラン》の密《ひそ》かな作戦が台無しになりかねない。立彬は美蘭の素の姿を知っていることで、秀玲と同じ太子の側近であっても、かろうじて容認できているのだ。

「……」

こうしてわいわいと話をしていた雨妹たちを、全は一人黙して見守っていたのだが、ある時ふいにピクリとなにかに反応した。

ギイィッ……。

その直後、蓮が描かれた扉が開く。

「ここは変わらないねぇ」

そして響いてきたのは、入ってきた洪雪《ホン・シュエ》のそんな言葉であった。洪は明《ミン》家を訪ねる際にいつも着ている家人のものではなく、後宮女官とあまり違わぬ服装である。髪もきっちりと結い目つきも鋭く、風格を感じられる堂々とした態度だ。

さらにはあちらも見張り役としてであろう、近衛《このえ》姿の明が荷物を抱えて同伴している。

——でもこれ、知らない美蘭様や鈴鈴が見たら、洪様が従者を連れて来たみたいに見えるかも。

どうにも洪の方が格上に見えてしまい、まったくどちらが偉いのかわからない主従である。

雨妹がそんな風に観察するのをよそに、全が洪の方へと進み出た。

「ようこそお越しくださいました洪雪様、お久しゅうございます」

全が丁寧な礼の姿勢をすると、洪が微《かす》かに笑う。

「お互い歳《とし》をとったものだよ」

「そのようでございますね」

洪の言葉に、全も頷《うなず》きを返す。それから全と洪が見つめ合ったのは一瞬だろうが、その一瞬でなにかを語り合ったかのようにも見えた。

それから一呼吸おいてから、同伴の明から荷物を受け取った洪が、雨妹たちの方を振り向く。

雨妹たち四人はなんとなく横一列に整列して、黙してじっとしていたのだが、そんな四人を洪がじっくりと眺める。

「さて、私が世話をしなきゃいけないひよっことというのは、そこのお嬢ちゃん方かい？」

このように告げられた言葉に、一人ぎょっとしたのが明である。

「洪よ、『ひよっこ』というのはやめてくれ」

明はおそらくは今回のあらましと、美蘭の身分を聞いているのだろう。小声でそう忠告をしたのだが、これに洪は「ふん」と鼻を鳴らす。

「どこの誰であれ、人はみぃんな最初はひよっこなんでございますよ。庶民の子でも皇族でも皇帝陛下でもね」

確かにそれは真理である。それに全は洪の言葉を「不遜《ふそん》だ」と注意することなどないし、なによりこの場で一番身分が高いであろう美蘭が、特に反発心を見せていない。

というよりも、美蘭はこの洪の不遜とも言える態度に驚くばかりで、言葉にならない様子である。これまで美蘭の周囲にいた気位が高く嫌味な女官とは、洪は毛色が違う人だからだろう。

——まあ、どんな鬼教師が来るのかって、びくびくしていたもんねぇ。

しかし美蘭が想像していた怖さは、どうやら目の前の洪から感じるものと違うようである。

「ねえ、なんか怖そう……」

ところが美蘭とは逆に怖さが増したらしいのが静《ジン》で、恐らくは洪から感じる風格を威圧的に感じるのだろう。なんとか隠れたいのか、雨妹の背中に収まろうと頑張っている。もう一人の鈴鈴はというと、こちらも美蘭と同じく予想したのとは違う人物像だったのか、ポカンと呆《ほう》け顔であった。

この本日の生徒それぞれの様子を横目にしながら、洪は荷物を解き、中身を卓の上に並べていく。

「ここだとお上品な茶葉ばかりだろうから、こちらからも茶葉を持ってきたよ」

洪がそう言いながら並べたそれは、茶筒であった。

「どうせここだと毒見やらなにやらで、飲むお茶の種類だってそう多くはないだろうさ。これはね、そこらの草で作ったものから珍しいのまであるよ」

「「……草?」」

美蘭と鈴鈴は、洪の言葉に不思議そうにしている。二人ともお茶といえば茶葉という考えだったので、草という言葉が出たのが驚きなのだろう。静はそもそも、未《いま》だお茶という飲み物のことをよくわかっていないので、黙ってキョロキョロしているだけだ。

雨妹はというと、思い当たることがあった。

――仲《ヂョン》先生のところのお茶かな？

陳《チェン》の師匠にあたる医者で、明の痛風を定期的に診ている仲心《ヂョン・シン》は、茶葉と薬の材料となるものを混ぜて「薬茶」を作るのが趣味なのだ。仲も材料について雨妹に「家の裏に生えている草」だと言っていたものだ。きっと主《あるじ》を治療してくれている仲医師のところにも、お礼を述べに訪ねたことだろう。そして洪がお茶の達人であるならば、きっと仲と気が合うだろうし、もしかすると自分好みのお茶を強請《ねだ》っている可能性もある。

一方で、一人焦ったのが明だ。

「洪、草とは聞こえが悪い」

「いちいちうるさい男は、嫌われるものでございますがねぇ」

またもや忠告する明を、洪が煩わしそうにじろりと見る。

この明家の主従の様子に、全は意外な様子で微かに目を見開いているのがわかる。序列に厳しい後宮で長く生きてきた全には、主従が逆転したような二人が信じられないのだろう。

しかし雨妹は洪のこの明に対して厳しい態度の理由を、なんとなく想像できる気がした。

――明様は周りに流されやすいところがあるから、あえてああいう態度で戒めているのかもしれない。

洪は今でこそ、明に対してこのようなぞんざいな態度だが、明が病んでいた時にはものすごく心配していたのだ。先日聞いた先代皇帝との話といい、洪は本来情の深い人なのだろう。

けれど一方で洪は、自分が若い明にもっと厳しく意見できていれば、皇帝の美人に横恋慕したり、あげくにその美人と二人で逃避行のような旅路なんて選ばせなかった、などという悔いが、もしかすると心に残っているのかもしれない。

それに、雨妹はどうやら母によく似ているようなので、洪が雨妹の素性に思い当たっていてもおかしくはない。けれど雨妹は洪から厳しくあたられたことは、これまで一度もない。そうした割り切りもできるのだから、懐の広い人でもあるのだろうと、雨妹は思う。

このような雨妹の考察はおいておくとして。

「さあ、どの茶を飲んでみたいんだい？　どうせなら、好きなものを飲む方がいいだろう」

洪はそう告げると、雨妹たちを茶筒が並ぶ卓へと手招きする。

「へぇ、どれどれ」

まず興味深そうに寄っていったのが美蘭だ。

恐らく美蘭は普段、出されるお茶を飲むことはあっても、自分で茶葉を選ぶことはしないのだろう。徳妃になる以前の暮らしでは、そもそもお茶を常飲する生活でなかったと思われる。鈴鈴もそれは同じだろうし、宮ではまだお茶を任される立場にはない。だから二人とも、茶葉にどれ程種類があるかなんてわからないことだろう。当然、雨妹自身もさほど詳しいわけではない。

「草っていうの、すごく気になる」

最初に選んだのは美蘭だ。

「なら、コレだよ。薬になる葉と混ぜたものさ」

やはり草のお茶とは薬茶のことだったらしい、洪がそう説明してくる。

「私、この香りが気になります」

鈴鈴が手に取ったものは、確かに花のような良い香りがする茶葉だ。

「黄金桂《ファンジングイ》だね。桂花《けいか》みたいな香りがするお茶さ」

鈴鈴にそう洪が告げた。

「静静《ジンジン》はどれにする？」

選べと言われてもどうすればいいかわからないらしい静だったが、色々クンクンと嗅いだ末に一つ茶筒を手に取った。

「これ、匂いが好き」

「花茶だね、それは梅の花の香りをつけたものさ」

「へえ、梅の花の花茶なんてあるんですねぇ」

雨妹は前世でも花の香りのお茶といえば茉莉花《まつりか》茶しか知らなかったので、感心して静の手元をクンクンしてみる。確かに梅の甘い香りがほのかにする。

そして雨妹も静と同じ花茶、以前に立彬から桃の香りのお茶を貰《もら》って気になっていたので、桃の香りのものを選んだところで、いよいよお茶淹れ修業の始まりである。

このお茶の淹れ方は、以前に立彬から教わったことと大差なかった。

あらかじめそれぞれの茶器を温め、まず蓋碗《がいわん》にお湯と茶葉を入れて蒸らし、それを茶海に移してから飲杯に注ぎ分ける。それを洪が一度手本としてやってみせた。

けれどそのお手本の後で洪が語ったことが、また独特であった。

「やるのはこれだけ。茶葉の量やお湯の温度、どのくらい蒸らすかなんて、人ぞれぞれ『決まり事』を言うものだけれどね。実際にはそんなことは自由さ」

この洪の意見に一番驚いているのはおそらく、今回の生徒の中で一番お茶を淹れる練習をしているであろう鈴鈴だ。きっと先輩から「お茶の淹れ方指導」を厳しくされているに違いない。

――前世でも茶道には流派があったし、ここでもありそうなのにねぇ。

そのような「型」というものを否定してみせた洪は、ある意味大胆な人である。

「要は、どんな淹れ方でも飲めたものならいいんであって、間違いなんてものはないっていうことさ。だからビクビクしていないで、まずはやってみることだよ」

そのように洪が言ったことで、雨妹たちの実習開始となった。雨妹たちはそれぞれに卓と茶器を用意され、お茶を淹れる。

雨妹は用意された茶器を、できるだけ丁寧に扱ってお茶を淹れた。

お茶については時折練習している雨妹なので、なかなか手慣れてきているように感じる。

――我ながら、上手《うま》く淹れられているんじゃない？

お茶から匂う桃の香りが、なんとも優雅な気分にさせてくれるものだと、このようにして雨妹は自画自賛していたのだが。

「雨妹よ、もう少しさり気ない仕草ができないのか？　奮闘している様子が微笑《ほほえ》ましく思われるうちは、出世できんぞ？」

なんと教師役の洪ではなく、立彬から物言いがついたではないか。

「いいんです、私は出世しなくてもいいんですぅ！」

雨妹は立彬に言い返すものの、さすがに大声は憚《はばか》られたので小声となる。けれどこのやり取りが聞こえたらしく、洪が雨妹の飲杯を一つ手に取り、口をつけた。

「お前さんはアレだね、お茶を極めようっていうことには向いてない娘《こ》だよ。誰かに美味《おい》しいお茶を淹れてもらう方が幸せだねぇ」

そして言われた感想がコレである。

「洪よ、もう少し優しい言い方を……」

「ただの見張り役は黙っているものですよ」

壁際から明がなにやら言いかけたが、洪にぴしゃりと黙らされた。雨妹もちらりと目をやると、明は顔色を悪くしたりムッとしたりと、一人で百面相をしている。

――たぶん、私の事を変な風に配慮しようとしているんだろうなぁ。

明はおそらく、雨妹の立場を未だに割り切れていないのだろう。立彬なんてきっとこれまでのなんだかんだで、雨妹の大まかな素性は察しているだろうに、その上であんなにぞんざいにあしらってくるのだ。明もそれを見習って、いい加減な扱いでいいのだと理解すればいいのにと、雨妹は呆《あき》れてしまう。

それに雨妹は別に、今の洪《ホン》の評価を悪いものだとは思っていない。

「確かに私、お茶は飲めればいいって今でも思ってます。もちろん美味しいお茶は好きですけど、自分で淹れる分には、饅頭《まんじゅう》が美味しく食べられれば満足かも」

雨妹がこのように素直な気持ちを述べると、洪は深く頷く。

「そういう気持ちが味に出るのさ。だからこれは、お前さんのためだけのお茶だね。まあ、誰しもがお茶を極める必要はないってことだよ。適材適所ってことさ」

「なるほど！」

納得しかないことを言われ、雨妹は感心する。

「そこは感心するところか？　伸びしろがないと言われたのではないのか？」

逆に立彬が雨妹を憐《あわ》れむ視線を向けてきた。けれど別に雨妹は「茶道を究めよ」なんていう使命を抱いて生まれたわけではないのだから、憐れまれることはないと思うのだ。

「私、美味しいお茶を淹れてくれる人と、ずっと仲良くしたいと思います！」

「それも一つの方法だね」

雨妹が出した結論に洪は賛成してくれた。

「仕方のない奴《やつ》め。まあ、あれからずいぶん上達してはいるな」

立彬はというと、ため息を吐きつつも、雨妹のお茶を飲んでちゃんと褒めてくれたので、ひとまず満足である。

「それでいいのか？」

明《ミン》が一人、複雑な顔でなにか言いたそうにしているが、はっきり発言できないものはまるっと無視だ。


そんな雨妹の隣の卓には鈴鈴がいた。

こちらは普段宮の先輩たち相手に練習をしているのだろう。なかなか堂に入った様子でありながら、丁寧にお茶を淹れていて、卓から桂花の良い香りがしてくる。

同時にお茶の用意を始めたのに、雨妹の方が早く淹れ終えたのは、それだけ雨妹が手早く――もっと正直に言えば雑な淹れ方をしたということでもあるだろう。

ともあれ、自分の出番を終えた雨妹が、鈴鈴の様子を窺《うかが》っていると。

「ふむ、なかなかの手際じゃないか」

「そうですか？　えへへ」

そのように洪から手際を褒められ、鈴鈴が嬉《うれ》しそうにする。

――よかったね鈴鈴、褒められたよ！

嬉しそうにしている友人に、雨妹は内心で拍手を送る。

だが、その鈴鈴のお茶を飲んだ洪は、「けれど」と言葉を続けた。

「飲む方も緊張を強いられるお茶だねぇ」

このように言われた鈴鈴は、しかし「どういうことかわからない」といった様子で首を傾《かし》げている。

――なんだろう、緊張って？

雨妹も一緒になって首を傾げていると、洪がそんな雨妹と鈴鈴を見て告げるには。

「そっちのお前さんもそうだったけれど、やり方を間違わないようにと、そればっかりを考えていなかったかい？」

「……！」

鈴鈴は言われたことが図星であったのか、大きく目を見開いた。

「……考えていたかも」

雨妹も正直に呟《つぶや》く。

そんな二人に、洪がさらに言う。

「それだと、お茶を飲む方だって評価をせざるを得なくなってしまう。お茶を飲んでホッとするような気分じゃあないね」

「ああ、それはあるかもしれないな」

この洪の意見に、小声で理解を示したのは立彬だ。

「……あの、どういうことなんでしょうか？」

雨妹はまだよくわからないでいるので、素直に問う。

「私にも覚えがある」

すると、立彬がそう前置きをして話す。

「明賢様は、私のお茶には誉め言葉なり、なにかしらの反応をされるが、母上のお茶にはそのようなことはなされない。ただ黙って飲まれるだけだ」

この立彬の話を、雨妹は「うぅむ」と考える。

立彬の母である秀玲《シオウリン》は、側仕《そばづか》えとしての彼の上司にもあたる。太子にとって秀玲のお茶は昔から飲んでいる日常のものであり、立彬のお茶は最近飲み始めた真新しい味となるだろう。秀玲を基準としてお茶を評するであろう太子にとって、立彬のお茶は未熟な味だ。

「あまりにガッチガチの態度でお茶を淹れられると、飲む人は『この人を育てなきゃ！』っていう気持ちの方が強くなる、っていうことですかね？」

雨妹が自分なりに答えを出すと、立彬が頷《うなず》く。

「恐らくはそうなのだろう。本当にくつろがれたい時には、やはり明賢様は私のお茶は望まれないな。私はその立場を割り切っているからいいのだが」

立彬はそう言ってから「ふぅ」と息を吐いた。割り切っていると言ったものの、悔しさを抱くのも当然だろう。

「はぁ～、側仕えも大変なんですねぇ」

立彬の話を聞いて、雨妹も思わずため息を吐く。日常の中にそうした評価の機会が入り込むのだとしたら、そのあたりの気持ちの切り替えを上手くやらないと、普段の生活が息苦しそうに思える。

「玉秀《ユウシオウ》様にご負担をおかけしてしまうなんて……」

雨妹と立彬の会話を聞いた鈴鈴が思案気に俯《うつむ》いていて、その様子がどこかしゅんとしていた。鈴鈴の一生懸命さが、逆に主《あるじ》の負担になるかもしれないとあっては、主のことが大好きな鈴鈴が落ち込むのも無理はない。

「お前さん、どんなお茶を淹れたいのかい？」

そんな鈴鈴に、洪が問うた。

「どんな……私は、玉秀様に美味しいお茶を淹れて、くつろいでもらいたいです！」

顔を上げてはっきりと告げる鈴鈴に、洪が目を細める。

「なら、それだけを考えればいいんだよ。そのくらい慣れてくれれば、手際なんていちいち考えなくても身体《からだ》が勝手に動くさ。お茶の味の好みだって人それぞれ、美味しいと思えばそれが正解だ。誰かの細かい教えも、『その者にとって』の正解、あるいは最善でしかない。誰のため、なんのためにお茶を淹れるのかをわかっていれば、そのやり方だけを極めるも良し、違うことを試すも良しってことさ」

洪がそう語るのを、鈴鈴や雨妹のみならず、立彬までも真面目な顔で聞き入っている。

誰か一人のためだけに淹れるお茶なのか、大勢をもてなすためのお茶なのか、それでお茶の淹れ方が変わって来ると、そういうことなのだろう。正直雨妹はお茶について、そんな小難しいことを考えたことなんてない。

――ははぁ、お茶って奥が深いなぁ。

雨妹は感心してしまう。

「小難しいことは考えないで、単純素直が一番さ」

そう結論づけた洪に、鈴鈴は微かに笑みを浮かべた。

「はい、私は玉秀様がくつろげるお茶を目指します！」

笑顔が戻った鈴鈴に、雨妹もホッとする。

今回のお茶淹れ修業に鈴鈴を誘ったのは、美蘭《メイラン》の苦し紛れであった。けれど誘ってよかったと、雨妹は思うのだった。


一方、静《ジン》はどうしているかというと、首を捻《ひね》りながらお茶と格闘していた。

「えっと、これくらい？　あとお湯を……あちっ！」

ものすごく手間取っている様子が聞こえてくるが、思えばこれは、静が初めて自分で淹れるお茶ではないだろうか？　静は白湯《さゆ》に慣れ親しんでいる生活だったであろうから、普段お茶を飲みたいと言わないし、茶器に触りもしない。むしろ淹れてもらったお茶を飲んで「苦い」としかめっ面をしていたので、苦手なのだろう。それで今回少しでも苦そうではないお茶を選び、結果花茶となったのだろうと、雨妹は想像する。

しかし、洪はそんな静に「ああしろ、こうしろ」とは一切言わず、もたもたと手間取りながらも頑張っている姿を、ただ見守っているだけだ。

――頑張れ静静《ジンジン》！

自分のお茶を淹れ終わっていた雨妹は、心の中で声援を送る。

やがて淹れられた静のお茶は、ほぼ白湯のような薄いものだった。微かに梅の花の香りがするので、一応はお茶なのだろうとわかるくらいだ。

女官がこのお茶を客に出したとすれば、叱られる出来栄えであろう。けれど洪はムッとしたり渋い顔をしたりせず、まずはお茶を一口飲む。

「ふぅむ、どうしてこんなに薄くしたんだい？」

そして改めてそう尋ねた洪に、静はなんと言おうかと考えてから口を開く。

「あの、ちょっとだけいい匂いの方が、好きかなって思って」

静のこの答えに、洪は一つ頷いてからまた一口飲んで、告げた。

「ははぁ、なるほど。お前さんはお茶の味じゃあなくて、香りの方を大事にしたわけだね」

「うん、お茶の苦いの、嫌いだから」

静はそう答えつつ苦い顔になる。この微かに梅の花の香りがする白湯が、今の静には美味しいお茶なのだ。洪が「自由だ」と言っていたので、本当に自由にした結果だろう。

けれど静も洪が見せてくれたお茶とはずいぶん違っているとは思っているらしく、どこか不安そうにも見える。

だが、そんな静に洪は「ふっ」と笑う。

「お前さんは濃いお茶を飲みたくないいんだね」

「うん、私はここに来るまで、白湯しか飲んだことない」

洪にそう言われた静が頷いて返す。

「そんなの、ほとんどの新入り宮女がそんなものだよ」

「そうなの⁉」

そして洪が告げたことに、静がびっくりしている。静はこれまで宮女や女官たちを見てきて、皆が華やかな都会生まれなのだと思っていたのかもしれない。静はまだ周りと世間話ができるほどではないので、そのように思い込んでも無理もないだろう。

思い返せば雨妹も自分の幼少期の暮らしなどを、静にあまり話していない気がする。これは別に隠しているわけではなく、単純に話すきっかけがなかっただけだ。

なにはともあれ、静の思い込みを崩した洪が、こう述べた。

「まずは薄い味から慣れるといい。けれど慣れないならば、無理に飲むことはない。しょせんは好き好んで飲むってだけの代物だ。お茶の好みだって人それぞれさ。お茶なんて嫌いだ、白湯がこの世で一番美味だっていう者だっているはずだからね」

確かに好みは人それぞれなので、必ずしも万人がお茶を愛しているわけではないだろう。この意見に静は気をよくしたのか、にぱっと笑う。

「私、飲むなら里の近くにあった湧き水が一番好き！」

「ほぅ、そんな神仙の恵みに勝る飲み物はないだろうさね」

そして告げた静に、洪は笑った。

このように、雨妹と鈴鈴、静のお茶修業は順調であった。

だが今回のお茶修業の本命である、美蘭はどうしているかというと。

「うぅ〜ん」

淹れては淹れ直し、また淹れ直しを繰り返していた。

――こっちは、なかなかの混迷ぶりだなぁ。

眉間《みけん》に深く皺《しわ》を寄せてお茶を淹れている美蘭の様子に、雨妹は遠目に眺めながら心配してしまう。お茶を淹れて一口飲んでみたはいいものの、なにかが気に入らなくてやり直しているようなのだ。雨妹たち他の面々のお茶淹れの様子に目もやらず、ひたすらに目の前のお茶と格闘している。

あれはやり直しをやり過ぎて、最初に自分がなにを求めていたのか、わからなくなっているのではないだろうか？　鈴鈴も心配そうに美蘭に目をやるのだが、それに本人が気付く様子はない。

そんな不振に陥っている美蘭の前まで来た洪《ホン》は、まさに再び捨てられようとしていたお茶の飲杯をかすめ取るように手にして、ぐいっと飲んだ。

「飲めなくはないが、雑味が多すぎるよ」

「むぅ」

洪からバッサリと駄目出しをされてしまい、美蘭は口を尖《とが》らせた。

「もう一回淹れる」

もう一度やり直そうとする美蘭の手を、しかし洪がぐっと握って押し留《とど》めると、じぃっと目を覗《のぞ》き込む。

「お前さんは、どうして自らお茶を淹れたいんだい？　なにもせずとも、美味《うま》い茶ならばいつでも飲めるだろうに」

そして問われたことに、美蘭はひるむように身を仰《の》け反《ぞ》らせるが、洪はその手をがっちりと掴《つか》んで放さない。

それから美蘭は洪と黙ってじっと目を合わせることしばし、答えなければ手を放してもらえないとわかったのか、渋々といった調子で口を開く。

「えっと、楽しいかなって思って。私が淹れてみせるとさ」

美蘭は答えながらも声が弱々しくなっていく。

「やっぱり、慣れないことをやるもんじゃあないのかも。そうだよね、私がやらなくても、美味しいお茶がいつでも飲めるんだもの」

さらに言い訳のようなことを口にしてしまったのは、洪が叱っているのだと思ったからかもしれない。「身分に沿わない真似をするものではない」とでも、これから意見されると感じたのだろう。そんな弱気な美蘭の様子に、雨妹は心配になっていると。

「……繊細な方でもあるのだな」

雨妹の隣で、立彬もそう呟く。

美蘭は漁師の娘として荒くれ者たちに交じって育った図太さを持つ一方で、人の心の機微を気にするところもあるらしい。

――いや、思えば美蘭様は青春真っただ中のお年頃なんだしね。

色々なことを気にして心配になるのは、ある意味正常なことだろう。つまり徳妃だなんだという肩書以前に、普通の女の子であるということだ。

それに加えて、美蘭は後宮に来る以前は生粋の田舎育ちであった雨妹や鈴鈴、静たちと違って、後宮に来る前も利民《リミン》の所で妙にお茶と身近に接してきている。なのでお茶に対して「このくらいならやれるだろう」という根拠のない自信があったのかもしれない。それが思ったよりもお茶を上手《うま》く淹れられなくて、自信をなくしてしまっているのだ。

そしてなるほど、全《チュエン》が美蘭のなにを見て洪に会わせようと考えたのか、雨妹にもうっすらとわかった気がする。徳妃であろうとして、自分の本心を殺そうとしている美蘭を案じているのだ。

——美蘭様はまだ、才《ツァイ》様みたいにはできないよねぇ。

才のように割り切って徳妃をやるには、美蘭は人生経験が足りな過ぎている。

このように萎縮してしまっている美蘭に、洪は「ふぅむ」と唸《うな》ってから、掴んでいた手を放した。

「結構じゃないか。どんなことであれ、『こうなりたい』っていう気持ちがあるのは結構なことだよ。ただ空っぽの頭で淹れる茶が、一番不味《まず》いものさ」

そう告げてニヤリと笑ってみせる洪に、叱られるとばかり思っていた美蘭がポカンとした顔になる。

「お前さんの場合は、その気持ちが他の雑念に負けているのさ。だから手元の動きが疎《おろそ》かになって、お茶に雑味が入る。抱いた気持ちは強く、純粋に貫きな。それがお前さんの味になる」

美蘭に語った洪は、その肩をポンポンと叩《たた》く。

「洪様が仰ると、なんか迫力がありますねぇ」

「まあ、貫いた挙句に後宮を脱出してみせた伝説の女官だからな」

二人の様子を見守る雨妹と立彬は、互いにヒソヒソとそう言い合う。

「貫く、って言っても……」

しかしそれでも、一度沈んでしまった美蘭の気持ちが、なかなか浮上できないでいると。

「洪様、わたくしのお茶も飲んでいただけますか？」

これまでずっと黙してこの場を見ているだけだった全が、そう言って進み出た。

唐突なこの申し出に、洪はかすかに目を見開いてから、一つ頷《うなず》く。

「そうだね。久しぶりにお前さんの茶を飲みたい」

「はい、ぜひに」

この提案に乗ってくれた洪に、全は丁寧な礼をしてみせてから、自らもお茶を淹れようと茶器を準備し始めた。けれど、その茶器を揃《そろ》える指先すらも、優雅で美しいのだ。

「はぁ、これが噂に聞く全様のお茶ですか」

いつの間にか雨妹の隣にまで移動してきていた鈴鈴が、ため息交じりにそう言う。

「ね、すごいよね」

「すごいですね」

ただ「すごい」としか言葉が出ない雨妹と鈴鈴は、その後は邪魔をしないようにと息をひそめている。

やがて全は優雅な舞のような仕草で淹れたお茶の飲杯を、すうっと洪へと差し出す。

「いただこうかね」

洪はその飲杯を手に取ると、お茶を一口飲んでから、一言。

「ふん、美味しいお茶を淹れるじゃあないか」

これを聞いて、全が再び礼の姿勢をとる。

「……やっと、洪様からそのお言葉を頂けました」

さらにそう零して、微かに笑みを浮かべた。

「その一言が聞きたいと、ずっと願っておりました。けれどそれに四十年かかってしまいまして、わたくしは出来の悪い後輩でございます」

全はこのように語ると、雨妹たち、というよりも美蘭の方を見て語り出す。

「今、皆がわたくしのお茶の所作を『美しい』と褒めてくださいます。ですが元来のわたくしは、どうにも不器用です」

「えっ⁉」

これに一番驚いてみせたのは、普段全から世話をされている美蘭であった。もちろん雨妹だって、全と「不器用」という言葉が結びつかない。

「そうだねぇ、要領はいい方なんだけれど、妙なところで不器用な娘だったよ」

だが、洪も全の言葉を肯定してくるので、どうやら本当であるようだ。

これに全は頷いてから、話を続けた。

「お茶を淹れる際も、洪様が仰ったようには上手くできずにいました。しかしなんとかできるようになりたいと願い、まず取り組んだのが見てくれ、すなわちお茶を淹れる際の所作でございました。今、私のお茶の所作を賞賛されるのは、わたくしが不器用であった証《あかし》でございます」

「なんと、そのような……」

この全の打ち明け話に、立彬までもが驚いている。この場では唯一明《ミン》だけが、全がどのような立場なのかがわかっておらず、戸惑うように黙り込んでいるだけだ。

しかし今の全を見て、かつてはお茶も満足に淹れられない不器用な娘だったのだと、一体誰が信じるだろうか？

――努力の人なんだなぁ。

皇帝からも信頼される女官にどのような素質が必要なのか、雨妹はその一端を見た気がする。

そんな全に、洪が美蘭《メイラン》にも発した問いを投げかけた。

「全よ、今お前はなにを思ってお茶を淹れたんだい？」

この問いに、全は微笑んでみせる。

「安心してほしかったのです、洪様に。わたくしはもう守られなくても、一人で立っていられるのだと」

自らの落ち度で洪を窮地に追い込んでしまったと、長く悔い続けた全の心からの気持ちであろう。

けれど、全はこうも語った。

「今洪様にそのお言葉を貰《もら》えたのは、わたくしの主《あるじ》との出会い故でございましょう。どうにも頭の固いわたくしには、主の御心《みこころ》の自由さが目映《まばゆ》いものでございますが、願いを半ば諦《あきら》めかけていた気持ちを、解きほぐしていただきました。こうして洪様と再びご縁を持てたのも、主の人徳のおかげでございましょう」

全の口から紡がれる言葉に、雨妹はただただ感心するばかりだ。

――全様、そんな風に思っていたのか。

どういう経緯で全が美蘭の宮にやってくることになったのか、雨妹もたいして知らない。わかっているのは、太子が皇帝になんとかお願いして呼んだというくらいだ。けれど、もしかしてそんな単純な流れで行われた人事異動ではなかったのかもしれない。

雨妹がそんな風に考えていた、その時。

ピシャッ！

ふいになにかを叩く音がしたかと思えば、美蘭が両手で自らの頬を打った音だった。

「もう一度淹れるけど、これで最後にする……よし、やるぞ！」

決意を込めて、美蘭が目の前の茶器と向き合う。美蘭とて、別に今までだって不真面目にやっていたわけではない。けれどいっそう真剣な目つきで、美蘭はお茶を淹れ始めた。

「……どうだ！」

そして、まるで挑むようにズイッと飲杯を押し付ける美蘭に、洪は「酒じゃあないんだから、もっと穏やかに出さないかね」と注意をしてから、そのお茶を一口飲む。

「ふん、さっきよりはマシだよ。けれどお前さん、ちょいと雑さが目立つねぇ。倍くらいゆっくりやって、ちょうどいいんじゃないかねぇ？」

そして下された評価がこれだった。

「えぇ!?　これよりもゆっくりするって、お茶が冷めちゃうよ！」

洪の忠告に文句を言う美蘭だが、その様子は先程までとは違い、晴れ晴れとした表情である。

――よかった、元気になった。

雨妹が美蘭の様子にホッとしていると、鈴鈴が囁《ささや》いてきた。

「なんだか、すごい話を聞いちゃいました。姉さんたちもきっと聞きたがります。全様の主様って、きっとすごく出来たお方なのでしょうねぇ」

「……そうだね。きっとすごく頑張り屋さんなお方だよ」

雨妹は「目の前にいるよ」とは言えず、ただ微笑んでそう告げる。

それにホッとしたのは、隣の男も同様であったらしい。

「雨妹よ、お前が労力を割いた甲斐《かい》がありそうだな」

立彬が小声で言ってくるのに、雨妹は「そうだ」と声を上げた。

「せっかくだから、立彬様もお茶を淹れてくださいよ。私、立彬様の淹れるお茶って、案外好きですよ」

「その『案外』というのは余計だ」

立彬はそう言って雨妹の額を指で弾《はじ》いてから、美蘭が洪からまだお茶の淹れ方指導を受けている傍らで、鈴鈴が選んだ黄金桂《ファンジングイ》のお茶を淹れてくれる。

全のように優美でもなく、洪のように堂々としたものでもないが、普段剣を振るうその手が繊細な動きでお茶を淹れるのは、なかなかに不思議な光景ではなかろうか、と雨妹は思う。それに鈴鈴が淹れた時よりも、桂花の香りがさらに匂い立っているようで、これが恐らくは鈴鈴と立彬の腕の違いで、今の所立彬の方がお茶の淹れ方は上級者のようだ。

全や洪《ホン》の前でお茶を淹れるのは、立彬であっても緊張するであろうに、さすがの太子の側付きとしての矜持《きょうじ》で乗り切ったらしい。

そんなお茶を雨妹は早速一口飲むと、なんだかくつろいだ気分になるからおかしなものだ。

――うん、アレだよね、慣れた味！

なんだかんだで、雨妹は立彬にお茶を淹れてもらう機会が多いので、口がこのお茶に慣らされているのだろう。

「私って立彬様といる間は、お茶に困りませんね！」

「そうか」

雨妹の言葉に、立彬が嬉《うれ》しいようなそうでもないような、微妙な表情をするのはどういうことなのか。

雨妹の隣では、鈴鈴も立彬のお茶を共にいただいている。

「お茶って、やっぱり皆で囲んで飲むのが一番美味しいと思います」

「そうだねぇ」

この鈴鈴の意見に、雨妹も心から同意するのであった。

＊＊＊

明家の家人の洪が、狭間の宮に出向いて「お茶淹れ指導」をすることとなったという。

明はその付き添いというより、後宮側の者と妙なやり取りをしないかの確認のための立ち合いをすることになり、同じく狭間の宮まで向かうこととなった。

約束の場所まで出向くと、近衛であるはずの立勇《リーヨン》が宦官《かんがん》姿で同席しているのにも驚いたが、目を合わせると「なにも言うな」という無言の意思が伝わって来て、明も「そういうことなのだろう」と言葉を呑《の》み込む。自分が療養生活をしている間、宮城も色々と小難しいことになっているようだ。

　それにしても「お茶を淹れて飲む」という、ただそれだけの行為であるはずなのに、それぞれに様々な気持ちが漏れるものなのかと、明は洪の付き添いとしてその場に同席しただけであったが、感心するように眺めていた。

全てが終わるとこの場を設けた全という女官から丁寧な礼を受け、手土産の小綺麗《こぎれい》な菓子まで貰った洪はホクホク顔である。あの洪は幾つになっても、甘い菓子と下世話な噂話が大好きなのだ。

その手土産を大事そうに抱えた洪が言う。

「屋敷にくらい一人で帰れます、子どもでもあるまいに」

そんなことを言ってくるのは、明が先程までのあらましを報告する相手がいることを、ちゃんとわかっているからであろう。

それでも明は一応兵士を一人手配してもらって洪を屋敷へ戻すと、宮城へと向かった。行く先は、皇帝志偉《シエイ》の執務室だ。

しかし志偉は執務室におらず、奥まった庭園を望める小部屋にいたところを探し出す。そして志偉は明の顔を見るなり、

「婆《ばあ》はどうであったか？　じつに久方ぶりの後宮であったであろうに」

かけてきた言葉がこれであった。

「いつも通り、たいして感慨を覚えた風でもなかったですね。ただ、可愛《かわい》がっていた後輩に会えたことは、嬉しそうに見えましたが」

明は洪の様子を思い出しながら、そう答える。

明としては「若い小娘たちにキツい物言いをしすぎではないか？」とハラハラしながら、洪の振る舞いを眺めていたものだ。けれどももしこれが新兵であったならば、大事に育てても戦場でしくじれば命を落とすのだから、厳しさも必要であるということも、また理解できる。それでも心配してしまったのは、あの場に貴人が一人いると事前に聞いていたからだ。いや、雨妹とて厳密に言えば貴人なのだが、アレはおいておくとして。

明は徐州《ジヨ》訛《なま》りの娘を見て、「この娘がそうだ」とすぐにわかった。どれほど身なりの位を落としてみせても、宮女に比べて念入りに手入れされた身体の端々は隠しようがなく、見る者が見ればわかるだろう。

その娘に対して、洪が手厳しい物言いをするのにヒヤヒヤしたものの、結果としてよい方向に事

が進んだようなので、非常にホッとしたところだ。

そんなことを思い出している明に、志偉がクックッと笑う。

「婆の茶は実に美味《うま》いからな、教えを乞《こ》いたくなるのも道理であろうよ。さて、黄家《ホアン》の小娘の手並みはいかにか？」

「なにやら、楽しそうでございますな。やはり、あの徐州訛りの娘がそうでございましたか」

志偉の「黄家」という言葉から、明は己の推測が間違っていなかったと知る。

「うむ、あれは明賢の妃の一人よ。明賢にはあれくらい押しが強い方が良いのやもしれぬ。あれで少々女を苦手としているところがあるからな」

「……さようでございますので？」

続けて告げられた志偉の言葉に、明は驚く。明の耳には太子についてそのような噂は聞こえてこないのだが、志偉が言うのだからそうなのだろう。

志偉が言うには、太子は妃を迎えることは己の務めと考え、割り切った付き合いをしているようだが、心を休める場を自ら作ることが上手くないようだという。

次期皇后と定めている江貴妃《ジャン》とは上手く付き合えているものの、あれは江貴妃が太子を「仕事仲間」と捉《とら》え、上手く雰囲気作りをしてくれている、という面が大きいらしい。江貴妃の力が強い今、太子宮はあまり大きな揉《も》め事《ごと》が起きず、揉め事になってもなんとか小火《ぼや》の内に消し止められているそうだ。

江貴妃が病に倒れ、川で溺《おぼ》れた時には危うかったが、それも偶然医局に居合わせた「やたらにお節介な宮女」のおかげで乗り越えたのだそうだ。

「……なるほど」

その「やたらにお節介な宮女」とやらが誰を指すのか、明には容易に想像がついた。

「運とて己の力の内だとは思うがな、いつもいつも運が味方をするとは限らぬ。人の欲が渦巻くのが後宮という場所であり、明賢にもなにがしかの欲に巻き込まれる時が必ず来る。時期皇帝である以上、後宮という場所からは逃れられぬのよ」

逃げることが叶《かな》わず、不本意にも未だに縛られ続けている志偉の言葉には重みがある。

「そうであるならば、太子殿下にも運を引き込んでくれるお味方が、多くおられるとよろしいのですがね」

「さてな、気心知れた幼馴染《おさななじみ》ばかりに頼っていては、人脈も増えまいよ。それは当人にもわかっておるのか、最近はその幼馴染もよく離しておるようだがな」

明は「気心知れた幼馴染」という言葉で、立勇のことを思い出す。なるほど、あの男は太子の不安を取り除くために、宦官に変装して後宮にまで入り込む羽目になっているらしい。けれど確かに、明は立勇が雨妹と一緒にいる姿ばかりを見ている気がする。

――まああの雨妹のことは、下手な輩《やから》には任せられぬか。

立場的にも距離感的にも、立勇はある意味雨妹を見張る、或《ある》いは見守る者としては、うってつけの存在であろう。そうなるとあの雨妹の存在は、太子が「幼馴染離れ」をする良い機会となっているのかもしれない。

「今回洪を呼びつけることに成功した、あの黄家の小娘と打ち解けられるかどうかで、明賢が黄家を真の意味で味方に取り込めるかが決まるだろう」

「黄家を真の味方に、とは大仕事でございますな」

志偉の話に、明《ミン》は今回の件の裏にそのような事態が動いているのかと、感心するばかりである。

だが確かに、現在の志偉と黄大公は「休戦状態」であるだけで、決して仲良くできているわけではない。己に利があれば利を返してくるし、利がなくなればあっさりと手のひらを反《かえ》す。それが黄家というものだということは、明だってよく知っている。志偉の徳妃である黄才《ホアン・ツアイ》はある種の人質交換とも言える人事であったが、あちらの徳妃の方は年頃的には明らかに「黄家由来の皇族」を得るためであろう。

「しかし、私が申すのもおかしいのですが、打ち解けるには道のりが険しいのではないですかな?」

明がそう指摘すると、志偉は「さてなぁ」と呟《つぶや》き、未だ薄い髭《ひげ》を撫《な》でる。

「あの存外奥手な息子を、黄家の小娘は恋情にまで持ち込めるものかな? 雨妹が存外小娘に肩入れしているようではあるが」

志偉の語り口がなんというか、心浮き立つといった調子であるのは、果たして明の気のせいだろうか?

「なにやら、楽しそうでございますな」

同じ言葉をもう一度述べる明に、志偉がニヤリとする。

「なに、他人の色恋沙汰《ざた》というのは、ことのほか楽しいではないか」

そんな風に話すこの志偉は、確実にあの「野次馬宮女」の親なのだなと、明はつくづく思い知るのだった。

＊＊＊
洪雪《ホン・シュエ》のお茶淹れ修業が行われてから、数日後。

その夜は、明賢が黄徳妃の宮で夜を過ごすことになっていた。

――静かだな。

明賢は黄徳妃・美蘭《メイラン》付きの宮女の先導で回廊を歩きながら、そう思わずにはいられない。

しばらく前まではこの宮へ来ると、回廊にずらりと宮女や女官が並び、なんとか己を明賢の目に留まらせようと必死な様子がみられていたのに。そうした歓迎しがたい賑《にぎ》やかさの一方で、黄徳妃宮はどこかよそよそしい空気の場所というか、「人が暮らしている場所」という雰囲気がしないところでもあった。

なので、宮の主《あるじ》である黄美蘭は周囲の事に無関心なのだと、明賢はそう考えていたのだ。

しかし最近では、そうした女たちの行列が無くなって静かになった一方で、あちらこちらに「黄美蘭」の雰囲気が覗《のぞ》けるようになってきた。花が飾られている花瓶や掛物などが佳風《カイ》であったり、庭園の池が何故か釣り堀風になっていたりなどだ。どうやら佳で育った美蘭は、釣りを嗜《たしな》むらしい。

こういう釣り堀風の池を作れるのは、このような改装に反対する女官たちがみんな居なくなり、代わりに入った全《チユエン》が反対しなかったからだ。

以前に立勇が「美蘭は黄家の媛《ひめ》様として育っていないかもしれない」という情報を入手してきた。それは実に想定外のことである。諸侯たち、とくに大公家から後宮入りしてくる娘となれば、家の威信をかけて育てられた者たちであるのが通常であったからだ。

しかしそれを聞くと、美蘭が宮女や女官たちとの折り合いが悪いことにも納得ができた。ならばと明賢の権限で宮の人事を総入れ替えし、あまり家格などのしがらみがなさそうな宮女と、全という皇帝からも一目おかれる女官のみを配置した。あとは気に入った者を自分で選ぶだろうと思ってのことであった。

けれど、まさかそこから人を一切増やさないとは思わなかった。さらには、それをあの全が受け入れるなんて。

――それで困らないのかな？　困っていないからこうなんだろうけれども。

明賢としては戸惑いを隠せない。

庶民には側仕えなどがいない者がほとんどだということくらい、明賢だって知ってはいる。けれども実際にそうした生活を経験したことはない。万が一の時に備えて、服を着たり水を飲んだりといった事のやり方を訓練することはあるけれど、あくまで訓練であって日常ではないのだ。

このような経緯で、明賢は未だに黄美蘭という人物について、つかみかねている。各州の大公家の媛たちがどのような暮らしをしてきたのかの想像はつくが、黄美蘭がどのような暮らしをしてきたのかは、想像がつかないからだ。

それでも美蘭についての情報を集めようと、立勇に「彼女はどういう人なのか？」と尋ねたりはした。けれど立勇から「ご自身の力で理解を深める方が、よろしいかと思います」と返されてしまう。さらにこれに秀玲《シオウリン》も賛成して、「人付き合いで楽をしようとすると、後で痛い目を見ますわよ」と忠告される始末だ。

——母子して、二人とも意地悪だ。

けれど、明賢だって二人が言わんとすることはわかるのだ。自分が父志偉と比べて、宮城の外についての知識が圧倒的に足りないということは。だから太子として、あるいは立勇を伴っての忍びとして、宮城の外を知ることにできるだけ時間を費やしてきたつもりだ。そして黄美蘭という人は、そんな明賢が「外の世界」を新たに知るにはうってつけの人物であろう。

しかしこの考えにも、「理屈でばかり物事を考えると、しくじりますことよ」と秀玲に言われ、黄徳妃宮の様子を窺《うかが》う江貴妃、玉秀《ユウシオウ》からも同様に言われて笑われる始末だ。玉秀とて美蘭とはあまり深い付き合いはしていないであろうに、それでも明賢よりはなにがしかが見えているようである。

明賢がそんなことをつらつらと考えていると、やがていつも美蘭が待っている部屋まで到着した。いつもであれば、ここで酒を飲みながら世間話でも振るところなのだが。

「明賢様、本日はまずお茶を飲みませんこと？」

美蘭は明賢の顔を見るなり、そんな提案をしてきた。

「いいね、私はお茶も好きだ」

明賢はこれに頷《うなず》く。

美蘭付きになった全は美味しいお茶を淹れると評判の女官であり、あの秀玲も心から尊敬する人である。実はこの宮でお茶を飲むのが、明賢の密かな贅沢《ぜいたく》ともなっている。

そのように考えた明賢であったが、しかし既に部屋に用意されている茶器を手に取り出したのは、何故か全ではなく美蘭であった。

「あなたが、ご自分で淹れるので？」

「そうですけれど、なにか不都合があるのですか？」

明賢が「まさか」と思いながら聞けば、美蘭は若干声を低くして言い返してくる。

「いや、なにもない、ないよ」

明賢はまさか「全のお茶の方がいい」とは言えずに微笑んで誤魔化すのに、美蘭が目力を強めたところで。

「美蘭様」

全から小さく声をかけられる。

「コホン！」

すると美蘭が咳払《せきばら》いをして、仕切り直しをするかのようにニコリと笑みを浮かべた。

「実はここのところ、お茶に凝っているのです。素晴らしい先達との出会いで、刺激を受けましたの」

そのように語る美蘭に、明賢は「なるほど」と納得する。

確かに先日、全の先輩にあたる元女官と美蘭が面会をしたという話を、その場に同席した立勇から聞いている。その元女官というのが後宮でも大変有名な人物であったらしく、美蘭が会う相手が件《くだん》の元女官だと知らされていなかった秀玲が、「何故私に真実を述べなかったのですか！」と立勇に対して憤っていたものだ。あの二人の母子《おやこ》喧嘩《げんか》を仲裁するのには、明賢とてさすがに気疲れをした。

それはともかくとして。

美蘭はその元女官と会って、お茶に目ざめたのだろうか？

それに位の高い妃嬪であるならば、そのようなことは「下々の者がする作業」だと断じるが、元が宮女や女官の妃嬪であれば、お茶を自分で淹れるということも知っている。それこそ、父志偉《シエイ》お気に入りの王《ワン》美人のように。なのでここで美蘭がお茶を淹れるとしても、なんらおかしなことはない。

その上、明賢は美蘭と相対していても話題が見当たらず、結果酒に逃げている自覚はあるので、美蘭から提案されてホッとしたのも事実であった。

そんなわけで、明賢は美蘭がお茶を淹れる様子を見守ることにしたのだが、美蘭は案外手慣れた様子で茶器に触れ、お茶を淹れていく。

だがまずは毒見役として全が飲杯の一つを手に取ると、口をつけて頷いてみせた。

「どうぞ」

次いで勧められた明賢は、差し出されたお茶の飲杯を受け取ると、そのまま口に運ぶ。

——渋い！

しかし、口に広がったのは猛烈な渋みと苦みであった。しかし、美蘭がせっかく己のために淹れてくれたお茶である。ここで即座に顔に出すのは憚《はばか》られ、明賢は根性で飲み切る。

だが、美蘭とて明賢の様子がおかしいとは察したらしい。

「全、どう？」

美蘭が全の方を振り返って問うと、全がこれに答える。

「少々茶葉を入れすぎておりますね。一度でよいものを、二度お入れになりましたので」

「あら、手元を誤ったかしら」

これを聞いて、美蘭が「ほほほ」と笑って誤魔化す。

「太子殿下、こちらの白湯をどうぞ」

全が白湯を勧めてくるものの、明賢に飲ませた後で失敗したのかどうかを確認する美蘭は、手順としてどうなのだろう？　全も先に毒見をしたのだから、味がおかしいと言ってやればよかったのではないのか？

このように不満と疑問が入り混じっている明賢に、美蘭が言うには。

「けれど、これはお医者様が作られた薬茶なので、濃い分だけなにかしら身体に効くのではないかしら？」

「少なくとも毒にはならないと、そう伺っております」

主の意見に、全も言い添えてくる。

「次！　次はきっともうちょっと美味しく淹れられるはず！　ですので！」

どうやら次もお茶を淹れるつもりらしい美蘭に、明賢は頬が引きつりそうになるが、全から無言の圧力を感じてしまい、遠慮の言葉をぐっと呑《の》み込む。

「……期待して待つことにするよ」

「はい！」

明賢の返事に、美蘭が嬉《うれ》しそうにする様子を見て、「まあいいか」と思った、その次の瞬間。

「ようございました美蘭様。お茶は人の心を解きほぐすものですから、きっと太子殿下もおくつろぎになられていることでしょう」

全がそのように述べてきた。美蘭の頑張りを否定しない全はよくできた人物であるが、明賢の頑張りもぜひ認めてほしいところだ。

しかし、薬にもなるお茶だという話であったが、しばらくして少々重たかった腹具合が楽になった気がする明賢であった。

＊＊＊

お茶淹れ修業からしばらく経った頃。

雨妹が静《ジン》と二人でごみ焼き場でごみを燃やしていると、立彬が訪ねてきた。

「雨妹よ、ここにいたか」

「あ、そこで止まってください！　臭いがうつりますので！」

近寄ろうとする立彬に、しかし雨妹は太子付き宦官《かんがん》にごみの燃えかす臭をさせるわけにはいかないので、距離を空けて立ち止まらせた。そろそろ燃え尽きる頃だったので、臭いもマシなのが救いだろうか。

そして静と二人でしっかりと火の始末をしたところで、雨妹は改めて立彬と向き直る。

「このような場所まで訪ねるなんて、なんの用事ですか？」

雨妹が問いかけると、立彬は持っていた木箱を差し出してきた。

「これをお前に渡してくれと預かったので、受け取れ」

「預かった、ですか。一体なんだろう？」

雨妹は木箱がどういう素性のものなのかよくわからないものの、とりあえず貰《もら》い受《う》けてその場で開けてみた。

「わぁ！」

木箱の中を見た雨妹は歓声を上げる。中に入っているのは、綺麗《きれい》に並んだ色とりどりの菓子であったのだ。

「すごい！　静静《ジンジン》ほら見て見て、綺麗なお菓子だねぇ！」

「ふわぁ……！」

雨妹が静にも見せると、彼女はこのような菓子を見たこともないのか、目を大きく見開いてびっくりしていた。

この雨妹たちの反応を見ながら、立彬が告げる。

「これは江《ジャン》貴妃からの贈り物だ」

「え⁉」

言われた名前に雨妹は驚く。立彬が持ってくるものだから、てっきり太子からの差し入れなのかと思っていたのに、まさかの江貴妃とは。

——けどさ、何故に江貴妃？

江貴妃から贈り物をされる理由が、雨妹は今の所思い当たらない。

このようにして首を捻《ひね》っていると、立彬が理由を明かしてくれた。

「黄《ホアン》徳妃の宮が問題を抱えた場所ではなくなったことに、あの方も安堵《あんど》しておられるのだ」

「はぁ」

雨妹は理由を言われてもなおよくわからず、首をさらに捻る。江貴妃が美蘭《メイラン》を心配するとは、江貴妃と美蘭は、太子の寵《ちょう》を争う関係ではないのだろうか？

いや、未来の皇后候補として宮の規律と平穏を保つのも江貴妃に課せられた役目だというのは、雨妹にも理解できる。しかし問題なのは、太子にはいまだに第一子がいないという点だろう。最も早く子を産んだ者の立場が抜きん出るのだから、綺麗事など言っていられない。庶民の出でありそのあたりの考えが緩い美蘭と違って、江貴妃——というより江貴妃の周囲はそうした面を意識しているはずだ。

いくら江貴妃が良い人であっても、権力が絡むのだから良い人なだけでいられるはずもない。

こうした雨妹の疑問は、言葉に出さずとも表情で立彬にも伝わったらしい。

「江貴妃は、黄徳妃と敵対したいわけではない。恩淑妃《エン》とのように『朗らかな関係に』とはならず、一定の緊張感は維持されるであろうが、それでも互いに足を引っ張り合っては、要らぬ問題を引き入れることとなる。それこそ、ケシ汁騒動のようにな」

「ああ、まあそれはそうかぁ」

このような立彬の説明に、雨妹も納得する。太子とどこかの妃嬪の仲が険悪になり、それで妃嬪の実家に反逆に走られては、それも江貴妃の落ち度となるのだろう。

「故に太子宮で浮いている存在だった黄徳妃を、江貴妃なりに案じておられた。明賢様もよくよく様子を見ていたし、定期的に通ってもいたわけだが、これまで関係が上手くいっていたとは言い難い」

雨妹はこれまた納得である。

——美蘭様って恋愛事になると奥手だもんねぇ。

そして太子が女の扱いの上手い遊び人気質の色男かというと、これもまた違う気がする。どちらかというと、「真面目同士が合コンで話題が見つからず、気まずい思いをする図」という方が、しっくりする気がする。

ちなみに雨妹の場合は、合コンではなくお見合いであったが、お見合い相手そっちのけで初めて入った高級レストランの料理の美味しさに夢中になってしまい、数人にそれでフラれたのであったか。

それはともかくとして。

「それじゃあ、美蘭さまの『お茶を淹れてみせて驚かせるぞ』作戦は、成功したんですね」

「……まあ、驚かせるという意味では、成功したのではないか？」

立彬が微妙な言い回しをしたので、どうやら雨妹が想像するような「大成功！」という図にはならなかったようだ。美蘭も、いざ本番になったら緊張してしまったのかもしれない。

「う〜ん、まずは緊張しないような関係性、っていうのが先なのかも」

美蘭は度胸のある人だが、それと緊張とは話が別だろう。この雨妹の意見に、立彬も難しい顔をする。

「そうかもしれんが、それこそ当人同士でしか解決できない問題だな」

「そうですねぇ」

立彬と雨妹が二人して眉間《みけん》に皺《しわ》を寄せていると、菓子のきらびやかさに目を奪われていた静が、ふと不思議そうに言った。

「この菓子って、良いことがあったからくれたんじゃないの？　二人とも、なんだかちっとも良いことがあった風じゃないよ」

静のこの意見に、雨妹はふっと肩の力が抜ける。

そうだ、他人の心の中をアレコレと想像しても仕方がないし、それこそ野暮というものだ。

「そうだねぇ、良いことがあったんだよ。思えばこういうジレジレした感じも、恋愛の醍醐《だいごみ》味ってものだしね！　お年頃っぽくていいじゃないの、ねぇ立彬様！」

雨妹がそう話して静の肩を、菓子を持っていない方の手でギューッと抱きしめると、静から「苦しいよ！」と文句が返ってくる。

「雨妹よ、お前はいちいち言い方が婆臭《ばば》いぞ。お前だって十分に年頃の娘であろうが」

その様子を見ていた立彬が、そのようにお説教を述べた、その時。

「他人事《ひとごと》だと思ってさぁ、気楽に言ってくれるじゃないか」

そんな声と共に、近くの木の上から飛び降りてきたのは。

——美蘭様⁉　そこにいたの⁉

美蘭の姿を目にして、雨妹は驚く。いつからいたのか、全く気配を消すのが上手い人である。立彬も存在に気付いていなかったのか、ぎょっとした顔をしていた。

その美蘭は雨妹たちの方に近寄ってきて、口を開く。

「そりゃあね、ものすごく苦いお茶を飲ませたのは悪かったよ？　けどさ、それについて後からなんにも指摘しないで、なにも飲まなかったみたいな態度なのもどうなの？　最初は責められなくてホッとしたけどさぁ、ああやってどうにか上品ぶってやり過ごそうっていうのも、ちょっと苛《いら》つくよね」

恐らくは太子についての話なのだろうが、なにかが美蘭の気に食わなかったということは、雨妹にもわかった。

「蘭蘭《ランラン》、上手にできなかったの？」

一人、状況がわかっていない静が素直に尋ねるのに、美蘭が口をへのじにする。

「そうなんだけれど、上手にできないのをからかわれるのも嫌だけど、あんまり綺麗に取り繕われるのも、それはそれで嫌なんだよ」

美蘭の言い訳に、静は「ふぅん……?」とよくわからないという顔になる。

けれど、そういう気持ちは雨妹にもわからなくもない。「ならばどうしろというのか?」と太子あたりからは言われそうだが、要するにいかにも「慣れています」という雰囲気が、美蘭にとってイラッとするのだろう。

——つまり美蘭様は、太子殿下に本音を言って笑ってほしかったわけだ。

これが普通の男女であれば、「これは苦すぎるよ」「えぇ、おかしいな?」というような会話になるのだろうし、美蘭もそういう会話をしたかったのだろう。しかし、太子とは苦いお茶をきっかけにした会話には発展しなかったと思われた。

「いかなる時も場の雰囲気を崩さないのが明賢様の美点だが、今回は裏目に出たな」

立彬がそう言って頭を抱えている。

しかし、それでも美蘭はくじけたりはしないようで。

「ふんだ、いつか、あの男のすました顔を歪《ゆが》めさせてやるんだから!」

そう叫んで握りこぶしを空に突き上げている。

「なんだか、目標が変わっていませんかね?」

「……何事も、前向きなのは良い事だ」

雨妹と立彬がひそひそと言い合う横で。

「ねぇ、このお菓子って食べていいの?」

静は木箱の菓子を気にするのだった。

もちろん菓子は、せっかくなので後にこの四人で美味しく食べさせてもらったことは述べておこう。

第五章　行商人、大偉《ダウエイ》

雨妹《ユイメイ》が新人教育に奮闘しているその頃、場所は百花宮《ひゃっかきゅう》から移る。

ここは苑《エン》州の、青《セイ》州との州境からいくらか入り込んだ所にある里だ。

そこの広場になっているあたりで、体格の良い商人らしき男が、声を張り上げていた。

「いらんかね、いらんかね！　珍しい商品が揃《そろ》っておるぞ！　金で買うもよし、なにかと交換でもよしだ！　さあいらんかね～！」

その商人はまだ年若く、駆け出しであると思われるのだが、この声がなかなか堂に入っていてよく響くので、里のそこかしこの家屋からひょいひょいと幾人かが顔を出す。

「さぁあ、見るだけなら払いは要らんよ、よって来い、よって来い！」

そちらへ向けて呼びかけながら手招きをする若き商人の足元では、こちらはいくらか年嵩《としかさ》の仲間であろう連れの男が、敷布の上に様々なものを並べている。最近は青州との行き来もめっきり減ってしまい、里でも娯楽がとんとなくなっていたものだから、人々はなにか楽しいことはないかと思い、次第にその商人の元へと集まっていく。

「いらっしゃい！」

人好きのする笑顔で声をかけるその商人は、しかし里人たちには馴染《なじ》みのない顔であった。

「見ねぇ奴《やつ》だぁ、どっから来たかね？」

寄ってきた一人である年寄りの男が、興味深そうに尋ねる。

「さあ、どこと言われても困るなぁ、あちらこちらをぐるぐると回っているもんで」

するとこれに、商人は困ったように眉《まゆ》を寄せて答えた。よく見ると商人の目が青いのが、珍しいといえば珍しいが、きっと異国のどこからかの流れ者なのだろうと、その者は考える。東国との国境から流れ入ってくる異国人は、この苑州では見ないこともないのだ。

「はぁ、お前さんえらく男前だねぇ～」

「ありがとうさん、よく言われるよ！　お姉さんもいい女さ！」

その隣から中年女が感心するように告げると、商人は照れもせずにそう返す。

「おやまぁ、男前に言われちゃあ、なにか買わずにはいられないねぇ」

中年女は頬を赤らめると、いそいそと商品の前にしゃがみ込む。

「よくやるなぁ、若は」

年嵩の男の方が小声でぼやくのは、幸いなことに里の者たちには聞こえなかったようだ。

この商人、実は正体は大偉皇子とその連れであった。

大偉は旅の商人という身分でやってきたのだが、これが振りではなく本当に商売をして回るのだから、変装にも念が入っていることだ、とこの連れは呆《あき》れてしまう。この調子で青州を抜ける際にも商売をしてきたので、そこそこの稼ぎを得られていたりする。

この皇子について、連れ――名を飛《フェイ》というのだが、彼は仕えていて「どうかしているのではないか？」と思えることがしばしば、いや、かなりあるものの、一方で話術が巧みであり、案外商売上手なのだ。むしろ皇子ではなく商人の子として生まれていれば、今頃大儲《おおもう》けできていたのではないか？　などと思わなくもない。

今敷布に並べている商品も、質の良い高級品からあからさまながらくたまで、様々な物を揃えているのは、大偉自らの選定である。なんでも大偉が己にあてた設定というのが、「物の価値がわからぬ馬鹿商人」であるらしい。こうした細部にまで凝るお人なのだ。

あとは「好みの髪の女」さえ大偉の目の前に現れなければ、暴走もせずにそつなく完璧《かんぺき》に近い男なのだけれども。暴走が始まってしまえば、止まらないのだから手に負えない。

――やはり天は人に二物を与えないものだ。

主《あるじ》に対してかなり失礼なことを考える飛であった。

皇子への愚痴はおいておくとして。

それにしても、こうして集まるのは中年から年寄りばかりで、若者が居ない。この前に寄った里では少なかったが居ないこともなかったのに、苑州の内へと入り込めば次第に若者の数を減らしている。その理由をそれとなく尋ねれば、「隣国との戦で兵士にとられる」という答えばかりが返ってきた。

その戦がまやかしだとは、今の時点では飛にも、にわかには信じられないことだ。

このように里の中を観察していると、また新たな客がこちらへとやってきた。

その新たな客は、先程から見ないと思っていた若者——娘である。

年の頃は大偉よりもいくらか上であろうか？　着ているものは大きくてゆるいのを、無理やり縛り付けて着ているといった様子だ。肌は多少日焼けしているが、畑仕事や山仕事を生業《なりわい》とするほどには焼けていない。

——里の者ではないな。

そのように観察している飛に、大偉が一瞬こちらに視線を向けてから、娘に話しかける。

「いらっしゃい、なんでも手に取っておくれよ！」

敷布の上の商品を眺めていた娘は、蜂蜜《はちみつ》の入った壺《つぼ》を一つ手に取った。

「そうね、この蜂蜜をくれない？」

「お買い上げどうも！　払いはどうなさるんで？」

大偉が確認すると、娘は己の懐を探る。

「……この布と、交換できないものかしら？」

「おや、これはまた」

娘がそう言って差し出した手に持ったものに、大偉はかすかに眉を上げた。

それは、滅多に見ない程に上等な布であった。どのくらい上等かというと、まるで大偉が宮城へ上がるための服のように、布地に厚みがあって刺繍《ししゅう》が美しいものだ。しかも端切れにしてあり、元がどのようなものかはわからなくなっている。

——出所を誤魔化したいのか？

そう飛は考えるが、恐らくは大偉も同じ考えに至ったのだろう。

「十分、十分！　むしろこちらがお代を払うことになりますねぇ。いや、そんなに金があったか？」

しかし、大偉はまるでその価値があまりわかっていないかのような間抜けな調子で話し、困ったように荷物を探り出す。

しかしこれに、娘が首を横に振る。

「いいえ、お金よりも食べ物がいいの。なにかいいものがあるかしら？」

「食料ね、それならいくらか余分に持っておりますとも」

娘の要望に、大偉が食料品を入れている荷物から干し芋やら麦袋やら色々と出して見せる。娘はどうしようかと迷った末に、干し芋などのそのまま食べることが可能なものをいくらか選び、飛へ渡した豪華な端切れと引き換えに受け取った。

「この布のお代であれば、まだまだ選べますけれども」

「いいわ、これだけで」

大偉がもっと持っていくように促すが、娘はこれを断って買い物を終えてしまう。

食料を両手に抱えて去っていく娘の後姿を見送っていると、娘の買い物を眺めていた里人たちが口々に話し出す。

「ありゃあどこからか流れて来た、子連れの若い母親でなぁ」

「旦那《だんな》は兵士で死んじまってよぅ、若いのに子どもと二人になっちまって」

「暮らせる場所を探してやってきたんだとさ」

大偉が尋ねた訳でもないのに喋《しゃべ》ってくるのは、皆誰かに話したかったからだろう。つまり里にとって、あの娘は話の種にしたくなるような珍客というわけだ。

「それは苦労をしていそうだ」

大偉は同情の表情で頷《うなず》いてみせている。

――あれは、そのような女とは違うな。

しかし飛は、あの娘をそのように評した。

目の前で見た娘の手は多少荒れてはいたが、他の里人に比べれば綺麗《きれい》なものだった。あれはつい最近まで、いい暮らしをしていた者の手だ。それにうっすらとだが爪紅の残りかすが爪の端あたりに残っていた。少なくとも兵士を夫に持つ女が爪紅なんてものはしない。

そしてなにより、母と言うにはそうした「におい」がしない。人がどのような暮らしをしているか、飛は見抜く勘には自信があった。そして、飛が違和感を抱いたことに、大偉は気付いたらしい。大偉自身はさほどこうした方面の勘が良いわけではないが、部下の勘は十分に当てにするのだ。

大偉が荷物を整理する振りをしてしゃがんだその一瞬、すうっ、と目を鋭くする。

「飛、アレを探れ」

「はいよ」

主に命じられ、飛はちょっと洗手間《シーショウジエン》を済ませるように装いながら、静かな足取りで娘の去った方へと向かうのだった。

その娘は大偉たちが行商をしていた、里の比較的家屋が集まっているあたりから、次第に離れていく。そのまま里の外れの方までやってきたのだが、このあたりは空き家がほとんどで、半ば廃屋と化している家屋が点在している。

かつてはこのあたりの家屋にも、人が住んでいたのだろう。けれど住人の数が減ってしまい、自然と便の良い広場付近の家屋に皆が集まったというところか。娘の後をつけながら、飛はそう思案する。

娘の目的地はその空き家の一つの、かなりボロボロな家屋であった。娘は建て付けの悪い戸をなんとか開き、中へ入っていく。

――これだけのボロ家だと隙間だらけで、中を窺《うかが》うのが楽だな。

そう内心で独り言《ご》ちる飛は気配を消しつつ、良さそうな隙間を探して周囲をぐるりと回り、すぐに具合の良い隙間を見つけた。

というか、これだけ隙間だらけであれば、中はさぞかし寒いだろうに。この家の利点といえば、雨がやや防げるくらいか？　やや、というのは、屋根にもなかなかの隙間が見られるので、きっと雨漏りもひどいだろうと思うからだ。そうなると大いに防げるのは、強い日差しくらいになる。

――こんなところで長く暮らすと、病気になりそうだな。

飛は他人事ながらそんな心配をしつつ、中を観察した。

すると、誰かと娘が会話する声が聞こえてくる。

「わぁ、こんなに食べ物が手に入ったの？」

「はい、運よく行商の者がおりまして」

どうやら娘が中にいた者へ買った物を広げてみせているようだ。隙間だらけなので中の景色もそれなりに見えているのだが、あいにくと今の空模様が薄曇りなため、若干明るさが足りずに細かなところまでは見え辛《づら》い。それでも、飛からも娘が男と対面して話しているらしいことが見てとれた。

――あれは若い男……いや、子どもか？

飛は自らの判断を、そう修正する。

ここ苑州では東国の血をひく者が多いからか、子どもであっても都に暮らす同年代よりもかなり体格が良い。それゆえ一見しただけだと年齢を見誤るが、よくよく観察すれば見分けることはたやすかった。

ちなみに今、飛がどういったことで判断したかというと、声だ。会話の男の方の声が、声変わりをしたばかりくらいに聞こえたのである。声の調子から考えるに、子どもの歳《とし》は十代半ばといったくらいだろうか？　そうなると、娘の話の「子連れ」というあたりは、少なくとも本当であったということだ。

その後、続けて観察を続ける。

「わぁい、干し芋だ。僕好きなんだぁ」

「他になかったので仕方なかったのですが、さようなものを食するなど」

子どもが干し芋を喜ぶのに、しかし娘があまりよくない様子で話す。

「あのね、食べないと生き物は死んじゃうんだよ？」

「それは、そうなのでしょうが、ですけれどやはり……」

子どもが呆れたように話すのに、娘は頷けないでいる。

この会話を聞いていると、あの子どもは仕草や話し方などは庶民のそれだ。飛は最初、あの娘が買い物をする際のあからさまに「事情持ちです」と言わんばかりの様子に、どこかの貴人を密《ひそ》かに移動させているのかと考えた。それこそ、あの娘が持っていた豪奢《ごうしゃ》な布を使った服を身につけていたであろう貴人だ。

けれど、どうにもその想像がそぐわないように思う。あの子どもだと豪奢な服を着る者としては、いささか合わない気がする。むしろ、あの娘が子どもに世話をされている方がしっくりくるであろう。

しかし、娘はあの子どもに対して丁寧な態度であるし、ひょっとしてどこぞの貴人の隠し子でも連れ歩いているのだろうか？

このように様々な可能性が脳裏を巡るが、どちらにしろ怪しい者たちには変わりない。東国方面から逃げて来たか、はたまた東国方面からなにかしらを工作しにやってきたか、さてどちらであろうか？

――いや、俺たちの方がずうっと怪しいか。

大偉《ダウエイ》と飛の怪しさに比べれば、この娘と子どもは「現実にあり得るかもしれない」怪しさの範疇《はんちゅう》だろう。そう飛は密かに苦笑する。

ともかく、この情報を一旦《いったん》持ち帰って報告しようと、飛が腰を上げた、その時。

「ねえ、そこにいる人」

部屋の中で子どもがそう言うと、なんとくるりと飛《フェイ》がいる方の隙間を向いたではないか。

――なに⁉

飛は「もしや勘付かれたのか？」とぎょっとするが、すぐに逃げるようなことはしない。ここで慌てて動けば、怪しいことをしていたと暴露するようなものだ。自分はたまたま里の空き家だらけの一角へふらりと足を向け、疲れて休憩していただけである。

それに、子どもはあてずっぽうに言ってみただけかもしれない。飛はそう仄《ほの》かな期待を抱きつつ、そのままじっと観察を続ける。

「そこの人、あなたも干し芋って美味《おい》しいと思うよね？」

しかし子どもはまた、隙間のある壁の向こうにいる飛へ、呼びかけるように話すのだ。

――やはり、こちらに気付いている。

飛は背中をぞくりとさせた。今でこそ大偉の世話係のようなことをしている飛だが、元は影仕事が専門である。その己の気配を、まさか子どもが察知するだなんて思いもしなかった。もちろん、油断していたつもりもなかった。

それにしても、この子どもはどのような意図で飛に話しかけてきたのか？ これを知らないことには、飛はここを動くことはできない。

すなわち、この子どもは大偉の敵になるのか、味方になるのか、どちらかということだ。

このように、微《かす》かなことでも見逃すまいと、飛が意識を研ぎ澄ませている一方。

ボロ家の中では、娘が青い顔をしていた。

「……！　申し訳ございませぬ！」

額を床にこすりつけて子どもに謝る娘は、自分が飛につけられたのだと気付いたのだろう。しかしそんな娘に、子どもが「ははは！」と笑う。

「いいって、いいって。あなたに追っ手を撒《ま》くような器用なことができるなんて、最初から期待していなかったし」

子どもは慰めるような口調で娘を貶《けな》すという器用な話し方をすると、再び飛へと話しかけてくる。

「ごめんね、この人怪しかったよね？　もっと上手《うま》く変装しろって言っているんだけど、矜持《きょうじ》？　誇り？　なんかそういうのが邪魔しているみたいで、半端なんだよねぇ」

子どもは面白い冗談を言うような調子であるものの、その声に含まれる毒は飛の耳を刺激する。

――この子ども、見た目通りではない。

飛がこれほどに背中がぞくりとしたのは、大偉との出会い以来かもしれない。そう飛が感じた、その瞬間。

ふと空の薄曇りに切れ間が入り、日差しがボロ家の隙間から降り注ぐ。その隙間明かりによって、子どもの姿がより露《あら》わに見えた。その子どもの顔というのが――

――まさか！

驚きの声を上げずに済んだのは、全く日頃の訓練の賜物《たまもの》であろう。しかし、悲鳴を喉元《のどもと》で堪《こら》えたくらいに、この時飛は驚いていた。

何故《なぜ》ならば、その子どもの顔に見覚えがあった。いや、より詳細に言うならば、よく似た似顔絵を見た覚えがあった、と言うべきか。

これは、何にも勝る報告事項であろう。そう考えた飛は、その名のように飛ぶようにして、その場から駆け去っていく。

「あれ、行っちゃうの～?」

背後のボロ家からは、子どものそんなのんきな声が響いていた。

大偉はすでに商品を片付け、里の入口で転がっている岩に腰かけて飛を待っていた。

大偉が座っているあたりから里をぐるりと囲んでいる柵《さく》があり、元は害獣対策だったのだろうが、今ではあちらこちらが崩れている。故にどこからでも出入り可能な状態で、入口出口というものは全く意味を成さない形ばかりのものとなり果てていた。熊でも猪《いのしし》でも賊でも、現れたならば里はあっという間に蹂躙《じゅうりん》されてしまうことだろうが、もしかすると「この里はなんの旨味《うまみ》もない」と、里のボロさを見て察してくれる効果もあり得るかもしれない。

そんな場所で待っている大偉の周りには誰もいない。外に近いということは、それだけ危険が近いということなので、そこで好き好んで休憩する変わり者はこの里にいないようだ。

一人でボーッとしていた大偉がふと顔を上げたところへ、飛が里の外からやってきた。飛は里の外を大回りして戻ってきたのだ。

「申し訳ございません、しくじりました」

大偉がなにか問うよりも先に、飛がそう申し出る。

「飛がしくじるなんて、なんとも珍しいことがあるものだ。あちらに飛以上の手練《てだ》れがいたか？」

大偉が尋ねるのに、飛は迷うように視線を伏せる。

「……手練れ、かはわかりませぬ。ただ、こちらに気付かれました。相手は子どもにございます」

「ふぅん、子どもかぁ、どんな？」

飛の報告に、大偉はあまり関心がない風に聞いてきた。

これに、飛は周囲に人の気配がないかを素早く確認してから、答える。

「例の絵の人相に、似ている気がします」

「例の絵」というのは、先日皇帝からの繋《つな》ぎを受け取った際に同封されていた似顔絵で、都に現れたという何《ホー》家の娘のものだという。

「ふうん？」

大偉がその似顔絵を、己の懐から取り出して眺める。

「こんな顔、どこにでもいそうじゃないか？」

そして言われたことに、飛は頭を抱える。

「若、若はどうせ目が二つに鼻が一つに口が一つであれば、なんだって『どこにでもいそうな顔』だと言うのでしょうが」

「さすがに獣と人間の区別はつくぞ？　人間も獣みたいに、違いがわかりやすければいいのに」

飛の苦情に、大偉が口を尖《とが》らせる。

そうなのだ、この皇子、実は人の顔の見分けがあまりつけられない。どんな美人であっても不細工であっても、目が二つに鼻が一つに口が一つの同じ顔だ、と言うのだ。見分けがつくのは背が高いか低いか、あるいは身体《からだ》つきが大きいか細いかくらいだが、それも怪しいものだろう。おそらくは、人を見分けようと思うほどに、人に興味がないのだ。

しかしそんな大偉が唯一、人を見分けることができる材料であるのが、髪である。

飛が大偉と出会ったのは、大偉が後宮を出て暮らし始めてから。つまりかなり最近になってのことであり、それ以前の大偉の生活ぶりがどうだったのかは、伝え聞く噂《うわさ》でしか知らない。けれど気に入った女の髪を切っては集めて愛《め》でていたというのだから、後宮の女たちからはさぞや恐れられていたことだろう。

――きっと大きなことを為《な》すにふさわしい才覚をお持ちなお人であるのに、親に恵まれぬと、いくら金があっても哀れだな。

大偉をこのように歪《ゆが》めてしまったのは、あの母とその周囲の環境だ。生まれて間もない頃から「不義の子」と蔑《さげす》まれ、何度も死ぬ目に遭っていれば、性格が歪んでしまうのも無理からぬことだ。

そんな不憫《ふびん》な大偉が抱いた願いを叶《かな》えてやりたいだなんて、飛が思ってしまったのが運の尽き、まさかこのような無謀なことに挑むことになろうとは。

そんな飛の嘆きと愚痴はともかくとして。

「どれ、どんな子どもなのかな?」

大偉はその子どものことを自ら見てみようと思ったらしく、そう言って腰を上げた。

飛は大偉を伴って、今来た道を戻っていく。

「また、面倒な道を通ったものだな」

「用心のためです」

後をついてくる大偉の愚痴と感心と半々の言葉に、飛はそう返す。

事実、今通っている所は道などなく、なかなか険しいのだが、大偉は遅れることなく飛についてきている。頭も悪くはないし、本当に持ち合わせている能力を無駄に遊ばせている皇子だ。いっそ皇子をやめて影働きに転職すれば、いつかどこぞの国でも裏から牛耳ることができるかもしれないのに。

——こんなお人でもあの母親に、幾ばくかの愛情を持ち合わせているのかねぇ？

「曰《いわ》くつきの皇子」という身分に甘んじている大偉のことを、飛はそんな風に思う。そしてそのようなことを考える時に思い浮かべるのが、後宮のとある下っ端宮女の姿だ。

大偉が一年前の花の宴にて自ら絡んだせいで大層叱られた、あの原因の宮女について、調べるのは容易とはいわないが、飛にならば可能なことである。

「あの娘は、大偉とほぼ同時期に生まれたことにより、梗《キョウ》の都を追放された美人の子だ」

飛がつかんだこの情報を聞いた大偉は、微かに驚いた表情を見せたものの、他にはなにも感情を露わにしなかった。

飛がその宮女と大偉とを比べて思うのは、自由さの落差である。

あの宮女は母共々追放され、不自由を強いられた結果自由を手に入れた。一見矛盾した言い方になるが、そうとしか言いようのない、全く自由な娘なのだ。一方で大偉は一見すると、何不自由ない暮らしを得ている身の上であるのに、不自由を強いられている。

この奇妙にも理不尽な現実が、大偉に課された楔《くさび》であろう。大偉こそ、その時いっそ同時に追放されて寺にでも放り込まれていれば、無駄に高い能力を大いに発揮して、あの宮女のようになにがしか他の道を歩めていたことだろうに。

——どちらにしろ、権力者の親なんて持つものじゃあないな。

飛が自身の中でそのように結論付けたところで、目的のあのボロ家に到着する。

ところがこの皇子は観察する手段として、ボロ家の隙間から覗《のぞ》くなんていうことを選ばなかった。

ガラッ、ガタッ！

大偉はボロ家に近付くと建て付けの悪いのを強引に開けたことで、戸が外れてしまう。

「せめてひと声かけて入りましょうや」

大偉の傍若無人ぶりに、飛は呆《あき》れてしまう。

「何奴だ⁉」

家の中では、突然誰かが戸を開けたことに二人、というより娘の方がギョッとしている。

「邪魔するぞ」

しかし大偉はそんな娘には構わず、遅まきながらそう挨拶《あいさつ》をしてから外れた戸を放置したまま、ズカズカと中へ入っていく。

「なっ、なんなのだお前たちは⁉　見れば先程の商人ではないか！」

この大偉《ダウエイ》の図々《ずうずう》しさに、娘が激高する。この場合、娘の怒りの方がもっともであると言えよう。

怒り顔の娘に、しかし大偉は全くわるびれることがない。

「少々話をしたくなってな、こうして邪魔をしたところだ」

大偉はそう述べてからボロ家の中を改めて見渡して、「風通しが良すぎるな」などとぼやく。

「文句があるなら入って来るな、出ていけ！」

大偉に向かってそう喚《わめ》く娘であったが、大偉の容貌《ようぼう》を改めて見たところで、ハッとした顔になる。

「宇《ユウ》様、お下がりくださいませ！　この者、皇族でございます！」

これまで気にも留めていなかった特徴に気付いたのだろう、どうやら宇という名前らしい子どもの腕をひいて後ろに下げようとした。これが都であれば「青い目は皇族の証《あかし》」という事実が先立つものだが、異国の者が流れて来やすい苑《エン》州であることが「人とは違う容姿」という点を気に掛けなくして、娘に気付くのを遅らせたようだ。あるいは他の事に気を取られていて、大偉の姿をよく見ていなかったのかもしれない。

その必死の娘に守られている子どもを、大偉がまじまじと眺める。

「似ているか？」

そしてくるりと飛の方を振り向いて、首を捻《ひね》ってくる。

「似ているのです」

見分けがつかない癖に見分けようとする大偉に、飛はそう断じた。

似顔絵である何家の娘とやらに似ているということは、その娘の双子の片割れであるということになる。さらに宇というのは、何家の娘の弟の名と同じであり、これでますます子どもの正体に真実味が出て来た。

すなわち、現何大公ということだ。

その何大公を、飛《フェイ》と大偉はこれから攫《さら》いに行こうとしていたのだ。その攫うべき相手が、なんとこんな鄙《ひな》びた里の中にいるとは。この事実に、大偉が口先を尖らせる。

「おい、州城へ乗り込む楽しみが減ったぞ、どうしてくれるのだ」

「私は乗り込まずに済むと、安堵《あんど》していますがねぇ」

到底同感し得ないこの皇子の楽しみに、飛は「やれやれ」とため息を吐《つ》く。

しかしながら、この大偉よりも妙な輩《やから》というのが、この場に居ようとは思わなかった。

「ははは！　ほら見てよ、そろそろ誰かが来ると思っていたんだ！」

なんと娘を押しのけて前に出た宇が、「予定通りだ」と言わんばかりの態度で、手を叩《たた》いて喜んだのだ。

「宇様、どうかお下がりくださいませ！　危のうございます！」

娘が己の背後に隠そうとするのに、しかし宇は娘の手を避けてから、キラキラした目で大偉を見てきた。

「ねえねえ、青い目は本当に皇族？　もしかして都から来た人？」

興味津々といった様子の宇に、娘が懸命に警告を与える。

「都から皇族が来るなんて、なにかしらの裏があるに決まっております！　都の連中は青州《セイ》の肩を持つ者たちです！」

娘がとうとう宇の前に立ちはだかるようにして、そう大偉たちに噛《か》みつくように叫ぶが、しかし宇は不満そうに頬を膨らませた。

「肩を持っても持たなくても、どっちでもいいよ。こうやって誰かが来たじゃないさ。僕の言いたいことが伝わったの？」

宇の「言いたいこと」とやらは、恐らくは繋ぎの文に似顔絵と共に書かれてあった、大公印についてのことであろう。それでは都入りする姉に大公印を持たせたのは、この宇の意思であったというのか？

「大公印って、あんなデカくて古くて重たいだけの物だったけど、ちゃあんと効果があったんだね！」

さらにそう述べてから最後にはニコリと笑った宇に、しかし娘は顔色を青くする。

「宇様、大公印についてのその言い様は、お与えになった皇帝陛下に対する不敬にあたります、お言葉を控えなければなりませぬ」

どうやら都住まいの皇族にはいい感情を持っていない娘であるが、皇帝はそれとは別らしい。けれどこの意見にも、宇は不満を口にした。

「えぇ～？　あの印が古くて重たいっていうのは本当のことじゃないか。皇帝は関係なくない？」

「皇帝陛下です、宇様」

宇の言い様をすぐさま娘が訂正するものの、なんとも思ったことを素直に口にする子どもである。

「ねえねえ、じゃあさ、とうとうココをプチッと潰《つぶ》す気になってくれた？」

その上、大偉にこのように尋ねた宇は、とても愉快そうに、まるで面白い玩具《おもちゃ》を見つけたかのように見えるのだ。この見た目と言っている内容の落差に、飛はまた背筋がゾクリとする。

――この子ども、ひょっとしてウチの皇子よりも厄介なのではないか？

このように恐れを感じる飛であるが、大偉の方は「ほう」と感心の声を上げた。

「なんだ、お主はここを潰してほしいのか？」

「うん！」

大偉が尋ねると、宇が無邪気に頷《うなず》く。

「ここの連中はね、僕の大事な静《ジン》をいじめたんだ。静をいじめる奴らなんて、みぃんな居なくなればいいんだもの」

言っていることは、幼い子どもらしいものなのだけれども、この宇の言う「みぃんな」というのは、果たしてどこからどこまでを指しているのか？　というより、己の発言の意味をわかっているのか？　なんとなく、わかって言っているように飛には思えた。

恐れを抱く飛であるが、その主《あるじ》は宇に問いかける。

「お主は、静とやらが好きなのか？」

「もちろん！」

これに宇が元気に返す。

「だって、静を生かすのも楽しませるのもいじめるのも殺すのも、静と命を分かちあった世界でただ一人である、僕だけに与えられた特権じゃない？　それを奪おうだなんて、死をもって償うしかないことだよね？」

宇は無邪気な顔をして、まるで「空は青い」ということと同じように当たり前であるような口調で、サラッとそのようなことを言ってきた。

当たり前の話だが、双子であっても片割れの生殺与奪権を持って生まれたりはしない。

大偉もさすがにこの発言に、良くないものを感じたようだ。

「おい飛、この子ども怖いぞ。どこかの山の中で野垂れ死にさせた方が、その静とかいう子どものためではないのか？」

「若が怖いと言うだなんて、すごい子どもですね」

珍しく真顔でまともなことを述べてきた大偉に、飛も深く頷くしかない。

この大偉と飛の反応に、しかし宇はケラケラと笑う。

「やだなぁ、冗談じゃないか」

そう楽しそうに言われても、飛は「そうか、冗談であったか」と納得できはしない。むしろ本気で言っていたのだという考えが深まるばかりだ。

するとと宇がさらに言う。

「静はね、僕の宝物だから、ちょっと強引な手だったけど外に出したんだ。だって静が怖がって泣いちゃったら、かわいそうだと思って」

険しい山を越えさせて都入りをさせるとは、「ちょっと」どころではなく、これ以上ないくらいに強引な手だろう。できれば飛だってそのようなことはしたくない。けれど、このふざけているのか真面目なのか判断のつかない宇の「かわいそう」という言葉が、どういうわけか真実味を帯びて聞こえた。

宇が言葉を続ける。

「僕ねぇ、何家《ホー》っていうのも嫌いだし、州城で偉そうにしているだけの奴らも嫌いだし、『正義は我らにあり』とか言っちゃっているのに所詮《しょせん》他力本願な奴らも嫌い！」

宇は癇癪《かんしゃく》を起こす子どものように、頬を膨らませて叫ぶ。いや、年頃からして癇癪を起こす子どもそのものであるのだが、言っていることは全く子どものそれではない。

「嫌いな奴らばっかりだから、もうココは滅びればいいと思うんだぁ。けどね、そうしたらきっと静が泣くんだ。静はお馬鹿で可愛《かわい》いお姉ちゃんだけど、どうしてかあのクソ爺《じじい》老師になついているんだから、本当に神経疑うよね。それにさぁ、東国っていう連中も嫌いだから、後で来られても癪《しゃく》なんだぁ。だって、静のことをきっと好きそうだもの、あの連中」

嫌いだから滅びればいいとは、子ども故の単純な思考なのか、はたまたもう全てを諦《あきら》めて切り離した方がいいということなのか。会話を重ねれば重ねるほど、わからなくなってくる。

「だから比較的良さそうな皇帝なら、いい感じにプチってやってくれないかなぁ？　って思ったの。そうしたらほら、ちゃんと人が来たじゃない？　僕、ひとまずここまで大成功！」

このように話した宇は、手を上げて喜んでみせた。

「皇帝を頼ったのは正解だったね。老師は『戦え』しか言わないクソ爺だけど、皇帝のことを教えてくれたことだけは、感謝してもいいかな」

そう話した宇は、本当に嬉《うれ》しそうに笑う。

——こいつは子どもか、はたまた子どもの姿をした幽鬼の類か？

そんな宇の姿に、飛は一体何者と会話をしているのか、だんだんとわからなくなってくる。

しかし、大偉はそのような迷いを見せず、真《ま》っ直《す》ぐに宇を見ていた。

「聞いていると、お前の行動は全て静という姉のためなのだな」

大偉がそう語ると、宇はきょとんとした顔になる。

「当たり前じゃないのさ。この世界に静以上の、どんな大切な物があるっていうの？」

大人のように聡明《そうめい》なことを言うかと思えば、無茶苦茶な悪童のような発言をして、さらには幼子のような無垢《むく》な心を持つ。なんとも掴《つか》み辛い子どもだ。

そんな宇の話に、娘は口を挟まずに黙していた。

「お前さん、この主で本当にいいのか？」

その娘に飛は尋ねる。大公に同行するくらいであるから、きっと位の高い家の娘なのだろう。

「……もう他に、他にいないのです。苑州の行く末を託すに足るお方が」

唇を噛み締めて苦悩の表情を浮かべる娘に、飛は己を重ね合わせて同情してしまうのであった。

第六章　ダジャという男

花の宴がいよいよ間近に迫ってきており、宮女の誰もが忙しくしている頃。

「小妹《シャオメイ》、ちょいと話がある」

雨妹《ユイメイ》は食堂で朝食を食べていると楊《ヤン》に呼ばれた。

「静静《ジンジン》、まだゆっくり食べてていいから、待っててね」

「ん」

雨妹はまだ汁麺《しるめん》をすすっている静《ジン》にそう言いおいて、楊に連れられて食堂側の小部屋へと二人で入る。

「静と一緒にいたあの異国のお人が、お前さんと会って話をしたいそうだ」

「ダジャさんが、私にですか？」

静に会いたいというのであればともかく、雨妹の方に会いたいというのは不可解だ。

「正確には、宮城でケシ汁騒動を鎮めた功労者と会いたいそうだよ」

そんな雨妹の表情を読み取ったのか、楊がさらにそう続けた。

「なるほど……？」

雨妹はとりあえずそう返事をしてから、「さて」と考える。

ダジャがケシ汁騒動に関わった雨妹に会いたいということは、一体どういうことになるのか？

ケシ汁とは、前世では阿片《あへん》という名前で知られていた麻薬だ。それを煙草《たばこ》として使用するのが後宮で密《ひそ》かに流行《はや》り、刑部《けいぶ》が乗り出して取り締まりをして、それなりの人数が処分されたのである。

その件についての話を、ダジャが聞きたがっているという。

——もしかしてダジャさん自身が、ケシ汁の件で困った経験があるとか？

もしくは、現在も困っているということになりはしないだろうか？

けれど現実には、宮城のケシ汁騒動を収めたのは太子主導でのことであり、雨妹はそれのきっかけになったに過ぎない。あの悪臭の正体にすぐさま気付けたのは効率の面では良かったかもしれないが、雨妹がおらずとも、いずれ誰かしらからの通報なり密告なりが、上に伝えられていたことだろう。なにしろあんな悪臭の中で生活するなんて、害悪以外のなにものでもないのだから。そしてケシ汁の副作用については陳《チエン》だって知っていたのだから、そちらもやがて理解を得られたはずだ。

つまり雨妹の知識はそれらの時間を短縮したに過ぎず、そこへ雨妹がしゃしゃり出て話すのは、なんだか気が進まない。

——私はあくまで裏方として、後宮ウォッチングをやっていたいんだってば！

それに相手が異国人となると、国際問題がなんだかんだということになる可能性だってあるだろう。

「それ、面倒臭い話だったりしますかね？」

「まあ、そんな気はするねぇ」

思わず雨妹が渋い顔になるのに、楊も渋い顔でため息を吐《っ》く。

けれど、こうして楊が雨妹に意向を聞いているということは、上層部は雨妹と会わせても構わない、と判断したということだろう。つまり、今の「お伺い」という姿勢が、そのうちに「強制」に変わることも考えられるわけである。そうなると先にこちらから動いた方が、誰かに強制されたというよりも気が楽かもしれない。

それに、ダジャが今どんな風に過ごしているのか、気になるのも確かである。

――静静もダジャさんのことを知りたがっているしね。

というわけで。

「わかりました、会います」

雨妹が了承の返事をすると、楊がまたため息を吐いた。

「もうじき花の宴だっていうのに、難儀なことにならなけりゃあいいがねぇ」

この楊の懸念が、なにやら予言めいて聞こえてしまって不吉である。

「ははは、楊おばさんってば、きっとちょっと話をするだけで済みますって！」

雨妹はそう笑い飛ばすのであった。


そんなわけで、翌日。

雨妹は早速宮城へ行くことになり、その間の静は楊が預かる。

「ふふ、さぁて今度はなにをしようかねぇ」

「ええ、掃除でいいじゃないか！」

ニヤリとする楊に静が抗議する様子を眺めてから、雨妹は宮城へと向かう。

しかし行き先は宮城でも、百花宮《ひゃっかきゅう》に近い近衛《このえ》の隊舎の一つである。

そして到着したのは、百花宮のあちらこちらにある出入りの門の中でも比較的小さく、人が二人すれ違うくらいの幅しかない門だ。ここがその隊舎に一番近いらしく、こちら側に門番もいないのは、恐らく門の鍵《かぎ》も門番も宮城側になっているのだろう。

「この門でいいはずなんだけど」

こちら方面には初めて来た雨妹が、あたりをキョロキョロとしていたところ、ギギギ、と軋《きし》む音を立てて門が開く。

「よし、来たな」

そう言って門の向こうから顔を見せたのは。

「あれ、明様《ミン》？」

そう、宮城側にいたのは近衛姿の明であった。

――てっきり、立勇《リーヨン》様か李《リー》将軍かと思ってた。

これまでの外出時の同行者はたいていの場合でその二人だったので、雨妹は今回の相手が明であることに驚くというか、新鮮である。

一方で明は、雨妹が己を見て驚いたことに顔をしかめていた。

「俺がお付きだと不満そうだな」

明が嫌味な口調でそう言って、「ふん」と鼻を鳴らす。

「いいえ、不満などはないです。ただこれまでにない人選だっただけで」

それに対して、雨妹は素直に気持ちを述べた。明はこう見えて小心な男なので、案外驚かれたことにしょんぼりしているのかもしれない。

「……まあいい、行くぞ」

明はしばしジトリと雨妹を見ていたが、やがて背を向けて歩き出す。

「わかりました」

その明の後を、雨妹は黙ってついていく。

――でもそうだよね、そもそも立勇様は来れないよね。

立勇が仕える太子の実家である青《セイ》州は、苑《エン》州と仲が悪いという。太子や立勇はそのような理由で騒ぎ立てるとは思わないが、背後にいる実家が煩《うるさ》いのかもしれない。けれど、太子をこの問題からいつまでも除外するわけにはいかないはずだ。

――案外、「このくらい自力で調べろ！」って言われているとか？

平和な世でも戦乱の世でも、情報を制した者が強いというのは、雨妹とて前世の歴史及び華流ドラマで知っている事実である。これもひょっとしたら太子教育として、情報戦の勉強の一種なのかもしれない。もしそうなると、確かに雨妹の勝手で情報をペロリと喋《しゃべ》ってしまってはまずいのだろう。

――うん、私はこの件では知らぬ存ぜぬでやり通す方向で！

雨妹は改めてそう決意してぐっと拳《こぶし》を握るものの、立彬《リビン》に絆《ほだ》されて多少ペロッと喋ったのだが。

しかしそれは、あの時の立彬の意見を信じることにしよう。

このようにして、雨妹が一人で考え事をしている様子を、明がちらちらと見てくる。その目が「なにか妙な事を考えているのではあるまいな？」と語っているが、そもそも明との会話が弾まないから、考え事が捗《はかど》るのだ。もっと気を遣って世間話でも振ってくれればいいのに、そうした気の回らない男である。

このように若干居心地の悪い雰囲気のまま、雨妹は目的地の隊舎に到着した。

後宮ウォッチャーとして、また新たな場所を開拓してしまった雨妹である。

その隊舎内は、しぃんとしていて、兵士がいる気配が感じられない。

「静かですねぇ」

「人払いがしてあるからな」

雨妹の感想に、明からそう返ってくる。なるほど、実際に人がいないのであれば、静かなのも道理だ。

こうして二人で隊舎に入り、若干の汗臭さが漂う中を歩いていくと、明がやがてとある戸の前で立ち止まる。

「明永《ミン・ヨン》です、入ります」

明がそう名乗って戸を開けると、中には既に誰か男がいて、卓についてお茶を飲んでいるではないか。

——およ、知らない人だなぁ。

その人物は格好からして文官、しかもかなり偉い人だろうかと、雨妹は推測した。

その偉い文官の男が、入ってきた雨妹たちを見て立ち上がる。

「わざわざ来てもらったが、どうか気楽に。私は中書令の解威《ジエ・ウエイ》だ。今回の会話について記録するので、そのつもりでいるように」

中書令とは、正真正銘の偉い人であった。しかもあちらから自己紹介をされてしまい、雨妹は慌てて礼の姿勢をとる。こうも丁寧な態度を取られると、なんだか恐れ多すぎるというもので、雨妹は逆に緊張してしまう。

「私は張雨妹《チャン・ユイメイ》と申します、掃除係です！」

「お前さん、俺相手なのとずいぶん態度が違うな」

しゃんと背筋を伸ばして自己紹介を返す雨妹に、明が嫌味を言ってくるが無視である。

というより雨妹としてはてっきり、もうダジャが先に部屋で待っているとばかり思っていたのだが。

——ダジャさんは後から来るのかな？

そんな雨妹の疑問を、解もわかったらしい。まずは今日の呼び出しについて詳しく教えてくれた。

「軽く聞かされたとは思うが、ダジャがケシ汁被害を食い止めた功労者に会いたいそうだ。つまり張殿、あなたのことだな。それに先立って張殿には、我々がわかっているダジャという男の素性について、先にお話ししておこうかと思う。何者かを知らなければ、どこまで情報を渡すのかの判断が難しいだろうからな」

解がこのように述べるのは、雨妹としてもぜひお願いしたいところだ。

――どこまで話していいかをあらかじめ教えてもらえるのは、助かるものね。

国とて、他国の人間に国内事情をアレコレ知られたくはないだろう。なるほど、そのあたりのすり合わせのために、雨妹を先に呼んだらしい。それに雨妹だって、前世の経験や知識を誰彼構わず話しているわけではない。これでも話す相手を一応選んでいるのだ。

というわけで、解から早速事前情報を与えられる。

「まずは、あのダジャという男の素性だ。簡単に言えば、海の向こうにある把《ハ》国という国の王子ということだ。しかも王位に最も近かったのが、罠《わな》にかけられ奴婢《ぬひ》の身に落ちてしまい、あちらこちらで転売されて苑州へとたどり着いたらしい」

解の口からサラッと語られた内容は、なかなかに衝撃的なものであるのだが。

――やっぱりか⁉

雨妹は思わず内心でそう突っ込む。前世であれば「そこから王子が這《は》い上がって偉業を成し遂げる」的なドラマが作られそうな経歴だが、雨妹としては納得しかないというか、その主人公としてダジャは非常にしっくりと来るのだ。

「張殿は、あまり驚かないのだな？」

だがこのような雨妹の反応は、解にとって予想外だったらしく、訝《いぶか》し気に問われてしまう。

「はあ、まあ、えっと……」

雨妹がこの己の感覚を、相手に失礼のないようにどのように答えようかと困っていると。

「この娘は初見であのダジャが奴婢だということに驚いていましたし、むしろ腑《ふ》に落ちたのではないでしょうか？」

「そうです！」

明がこのように助け舟を出してきたのに、雨妹は「うんうん」と頷《うなず》いてみせた。あの時明とて同じように驚いていたので、きっと今も雨妹と同じような心情なのだろう。

というより、ちゃんと雨妹の気持ちを汲《く》んで会話を誘導してくれる人物が同席していないと、お偉い人を相手に話をするのが非常に難しいのだと、今更ながらに気付く。なんだかんだで、偉い人と会う時は高確率で立彬もしくは立勇がいるのだ。

――変なことを言わないっていう、自信がないよぅ！

あのお助け男がいたならば、妙な事を言いそうになる前に注意してくれるのにと、度胸はあるが礼儀が足りない自覚のある雨妹が、心の中で少々泣き言を漏らしていると。

「おや、奴婢であるのが意外だったか。どのあたりにそう感じたのか、参考までに聞いてみたい」

明の意見に眉《まゆ》を上げげた解に、そう言われてしまう。

「えっとぉ」

雨妹はちらりと明を見たが、目が合わないので今度は自分で答えなければいけないようだ。なので雨妹は思案しつつ答える。

「だってダジャさんは、なんていうか、普通よりも偉そうな圧が強いじゃないですか。奴婢じゃなくて農民と言われても驚きますって」

「お前さんは、妙な言い方をしたな」

雨妹の言葉に明が顔をしかめるのだが、解はというとクスッと笑う。

「なるほど、『偉そうな圧』というのは面白い表現だ、言い得て妙だな」

どうやら雨妹の言い方が気に入ったらしい解が、しばらく「フフフ」と笑っていたのだが、やがて表情を改めて話を続ける。

「把国ではケシ汁の被害が国全体に広まってしまい、手が付けられない状態になってしまったという。それで、ケシ汁の被害を食い止めた我が国のことを知りたい、なおかつケシ汁の影響を最初に知った者の話も聞きたいと、そういうことだ」

なるほど、やはりダジャの母国はケシ汁被害に遭っていたのだ。そこでケシ汁被害を食い止めた成功例を学びたいと、そういうことなのだろう。

雨妹が今回の面会の目的について理解できたところで、解が「しかし」と告げる。

「まだ、ダジャの話の裏がとれたわけではない。幸いあの男を見知っている者の話を聞けたし、語られた内容はおおむね真実ではないかという見解はあったものの、間諜《かんちょう》かもしれないという疑いは未《いま》だ残っている」

「そうなんですね」

解の話に、雨妹もこれまた納得する。

――まあ、そういうことを本当かどうか調べるのって、すごく時間がかかるよね。

話の信憑性《しんぴょうせい》と、疑いが無くなるというのは別の問題だ。国としては、安易に一個人の話だけを鵜《う》呑《の》みにすることはできないだろう。表向きはダジャを客人として遇しても、裏では疑惑をとことん追及するのも、必要なことに違いない。

「ですので、張殿は私が振った内容だけを、端的に話すように」

「わかりました！」

解にそのように言われ、雨妹は大きく頷く。

このようにして、雨妹と解の打ち合わせができたところで。

ドンドン！

戸の方から誰かの気配がすると、戸が叩《たた》かれてから開いた。

「お、来ているな嬢ちゃん」

部屋へ入るなり、雨妹に声をかけたのは李将軍だ。そのさらに後ろに、ダジャの姿が続いていた。他にもダジャの見張りのためであろうか、二人の兵士が両側についている。

——李将軍、いい頃合いで来たなぁ。

きっと雨妹たちの話が終わるであろう時間を計って来たのだろう、と雨妹は思う。

「お前……！」

一方、雨妹の姿を見たダジャは驚いたように目を見張る。どうやら己の「話が聞きたい」という要望で、雨妹が来るとは思わなかったらしい。

それと、ダジャのまた後ろから入ってきたのは、佳《カイ》風の服装の男であった。

「どうも！」

その佳風の男が気安い笑顔でニコリと笑い、雨妹に手を振ってくる。雨妹もとりあえず笑みを返したものの、この男のことを覚えていないのだが、もしかすると佳で雨妹を見知っている相手なのだろうか？

——あの人は、もしかして通訳かな？

ダジャとて簡単な会話のやり取りはできるものの、やはり込み入った内容になると難しい。それで通訳を用意したのだと思われるが、佳の船乗りであれば異国とのやり取りもあることから、ダジャの国の言葉を話す者がいるのも頷ける。わざわざ佳から来てもらったのだろう。

そのように雨妹が考えている間に、雨妹は解と共に卓へ着くことになり、ダジャが雨妹の正面の壁際に立ちその隣に李《リー》将軍が立つ。雨妹の隣に立つ明は腰に下げている剣に手をかけているし、さらに卓とダジャとの間についてきた兵士二人が配置された。

——う〜ん、厳重警戒だなぁ。

ダジャは仮にも王子なので、そのせいであるのだろうし、見るからに素手でも強そうな男なので、それを警戒しているのかもしれない。

ともあれ、雨妹たちはこのように物々しい雰囲気で、話をすることとなった。

「こちらの方が、あなたがご要望のお相手です」

まず、解がダジャに向かってそう告げると、その佳風の男がダジャに伝えている。やはり彼は通訳だったようだ。

「何故《なぜ》あなたがこちらの娘から話を聞きたいのか、あなたの口から説明していただきたい」

そのように話す解は、恐らくその説明というものを事前に聞いているのだろうが、この場でも本人の口で語らせることを省かないようだ。相手によって話を変えていないか、そういうところも調べているのかもしれない。

『私は……』

通訳を介してダジャの口から告げられた事情、すなわち把国で妙な煙草が流行ったという内容は、春節前の後宮とおおむね似たようなものだった。惜しむらくは、把国でもう手が付けられない程にケシ汁被害が蔓延《まんえん》するまで、国の上層部の誰もその煙草の害を問題視しなかったということだろう。それが危険なものだと気付いた時は既に遅く、国全体を汚染していたそうだ。

——え、そんな最悪の状況になるまで、被害を放っていたってこと？

雨妹はこの話にどうにも違和感があり、眉をひそめる。春節前にケシ汁の問題を太子の元へ持っていった時には、大騒ぎになったというのに。国が違えど太子と同じくらいの身分であろうダジャの、こののん気さはなんだろうか？

一方で、ダジャの話を聞いて解が頷いてみせたので、彼が知っている情報と同じことが述べられたのだろう。

「張殿、今の話について、なにか意見がおありで？」

解に話を振られ、雨妹は気になったことを尋ねてみた。

「あなたはケシ汁の影響が重篤な者を、実際にその目で見ましたか？」

雨妹の質問を、通訳から聞かされたダジャが大きく頷く。

「では、ケシ汁被害の現実を見たのに、危険だと思わなかったと、そういうことでしょうか？」

少々きつめの口調になってしまった雨妹に、ダジャは戸惑うようにしながらも、これまた通訳に向かって頷いてみせた。

――ケシ汁中毒というものを全く知らなかった立彬様でさえ、患者を見てすぐに異常だと判断できたのに。

立彬は刑部で重篤なケシ汁中毒患者を目にして、言葉では伝わり辛《づら》い現実を知れたという。一方で、ダジャは実際に目で見たのになんとも思わなかった。彼だけではない、把国の誰もがそうだったとしたら、国全体がのん気過ぎやしないだろうか？　それとも、把国人とは個体差で、ケシ汁中毒の症状があまり強く出なかったのか？

この雨妹の抱く違和感に、通訳越しにダジャが返したところによると。

『いつものことだろうと、誰しもがそう考えていたのだ』

「いつものこと、とは？」

このダジャの言葉に、雨妹のみならず李将軍が反応した。なにか異変はないかと、頻繁に都を見て回っている李将軍なので、ダジャのケシ汁問題に対する初動の遅さには、彼としても思うところがあるのだろう。

『それは……』

雨妹と李将軍の視線を受け、最初は答え辛そうにしていたダジャであったが、やがて口を開く。

『我が国には、昔から国民病と言われている不治の病がある。自失病などと民は言っているな』

そのように語るダジャによると、ケシ汁の被害はその自失病の新たな症状だろうと思われ、放置されていたのだそうだ。

『わめき、暴れ、妄言を吐くといったことを繰り返す……昨今、国ではそのような状態になって暴れ、牢屋《ろうや》に入れられる者がそれなりに多い。なので、異常だと思いもしなかった』

深刻そうなダジャの表情を見ると、その場しのぎの嘘《うそ》を言っている風にも見えない。

「お主は、その病とやらを知っているか?」

李将軍が通訳の男に尋ねると、「ええ」と彼は肯定した。

「アッシも最初は怖いと思いましたがね、その自失病とやらは人にうつるようなものではないんだそうで。生まれつきの病気ってやつです」

「生まれつき……もしかして、っと」

通訳の男の話を聞いて、ふと雨妹の脳裏をとある知識がかすめた。けれど、ここは不用意に発言してもいい場ではなかったと思い出し、慌てて口をつぐむ。

「なにか、思い当たるのか?」

そんな雨妹の様子に気付いた解《ジエ》が、ダジャの方へ聞こえないくらいの小声で問うてくる。

「ええっと……」

これに雨妹は迷いながらも今浮かんだ考えを、こちらも小声でひそりと口にした。

「もしかして把国では、近親婚を推奨されているのでしょうか?」

雨妹の問いに、解が目を見開く。

「……なんと、近親婚のことを知っているとは驚いた」

解はそう告げてから、「うぅむ」と唸《うな》る。

「我が国でも、かなり歴史を遡《さかのぼ》ればさようなこともあったが、今はそうした事例は推奨されてはいない」

「そうでしょうね、自然とそうなると思います。続ければ一族が滅亡しかねませんから」

「よくわかっている、推奨されなくなった理由はまさしくそれなのだ。そうかなるほど、それならば納得がいくかもしれぬ」

解と雨妹が二人でわかり合っているのに、李将軍と明《ミン》が不思議そうにしていた。

「一体なんの話だ？　近親婚とはなんだ？」

そのように疑問を述べてきたのは、小声の会話であっても聞こえたらしい李将軍である。

そんな李将軍に、解が答えた。

「近い血縁者同士での婚姻――たとえば親と子、兄弟と姉妹、そうした縁者同士で子を生《な》すことです。把《ハ》国では、近親婚はありふれているのですか？」

解が言葉の後半でダジャに問うと、それにダジャはむしろこちらの方こそ不思議そうにしている。

『確かにそのような婚姻はよくある。父王と王妃は兄妹《きょうだい》であるが、しかし王妃には長く子ができなかった。それゆえに王子を早く得ようと望んだ父王がその母上、すなわち私の御祖母様《おばあ》と同衾《どうきん》し、生まれたのが私だ』

「なんと……」

ダジャの意見に、雨妹の傍らで、今まで黙して立っているだけであった明が思わずそう零《こぼ》す。けれど、このような崔《サイ》国側の反応こそ、ダジャには驚きであるようだ。

『我が国では高い職能を持つ者は優遇される。ゆえに能力ある子を得ようと、或《あ》るいはよそに能力ある子を奪われまいと、一族内での婚姻が勧められることが多いのだ』

ダジャが重ねてそう説明してくる。

親から子へと受け継がれる能力というものを確実にしようと、固有の能力が高い人物の子どもや孫だけで婚姻させ、さらなる強い能力の持ち主を生み出そうとするのは、近親婚の大きな理由ではあるだろう。しかし、人とはそのような計算通りに生み出せるものではない。

「なるほど、もっと大きな問題の前にあって、ケシ汁被害は些細《ささい》なことであったのだな」

解がそう言って「ほぅ」とため息を吐く。

この崔国側の様子を、ダジャはよくないことを言われたのだと察したようだ。

『なんの話をしている？』

目を鋭くするダジャに、明がすかさず警戒して剣を鳴らす。

「これこれ、そういきり立つものではない」

殺気立つダジャの肩を李将軍が軽く叩いて制し、明にも視線を向けると、明は剣を持つ手の力を緩めた。場が落ち着いたのを見計らい、解が告げた。

「今話していたのは、近親婚の害についてです。張殿、あちらにもわかるように説明できるか？」

「え、あ、はい！」

解から話を振られ、雨妹はなんと説明したものかと考えながら、言葉を紡ぐ。

「近親婚、すなわち血縁の近い者同士で子を生し続けると、同じ一族の血のみが凝縮されて濃くなってしまい、そうなると弊害が大きくなってくるのです。お料理は、お鍋《なべ》でずっと同じ中身をコトコト煮ていたら、煮詰まってしまって固まるし味は濃いしで、全然美味《おい》しくなくなるでしょう？それと似たようなもので、人も血縁者ばかりで子孫が続くと、煮詰まってしまって健康ではない子どもが生まれてしまうんです」

この雨妹の通訳越しの説明は、ダジャにとって初耳だったのか、驚愕《きょうがく》の表情をしている。

「あまりに近親婚を繰り返してしまうと、生まれつき虚弱だったり、耳や目の機能が弱い、生まれつき肉体に欠損がある、精神的な弱さがあったりと、様々な問題を抱えた子どもが生まれてしまい、なによりも、子どもが生まれにくくなってしまいます。近親婚をした全てでそうなるわけではないですが、多いことは確かです」

つまり、近親婚由来の諸問題に慣れきっていた把国人は、ケシ汁の症状を「どうせいつものことだろう」と安易に流してしまったのだろう。おそらくは問題視をした医者もいたのかもしれないが、大多数の意見に消されてしまったのだ。

この話に、ダジャは言葉が出ないようであった。数回喘《あえ》ぐように呼吸をしてから、ダジャは声を振り絞るようにして言う。

『なんと、それでは、それでは祖国は滅びに向かっていると……⁉　どうすれば、どうすればいいのだ⁉』

ダジャの絶望の叫びに、しかし解は冷静な顔である。

「それについては、我が国の過去の事例を参考にはできると思われる。しかし、そのような問題を放置し続けたことが、結果災厄を招いたと知ることです。王子であったのならば、民の安全を背負う者として『知らなかった』では済まされない」

『……』

解の言葉に、ダジャは言葉が続けられないでいる。

――まあ、近親婚の究極の目的って、権力者が権力と財力を他人に奪われないため、っていうことだもんねぇ。

つまり、どこかの時点で近親婚に問題があると判明していたとしても、それよりも権力と財力の独占欲が勝ってしまえば、無視してしまうのだろう。そのような事例は、前世の歴史でも聞いた話だ。

すなわち、ダジャのかつて奪われた「王子」という身分の維持のための仕組みであったと、そういうことなのだ。ダジャはそのような己の身にある業にまでは、おそらくはまだ気付いていないことだろうけれども。

――けど、子どもの静静《ジンジン》があんなに頑張っているんだから、大人のダジャさんも反省なりなんなりの、根性があるところを見せてほしいよね！

雨妹は、恐らく今頃は楊に連れまわされているであろう静《ジン》を思って、そのように考える。

それに思えば、ダジャの口から静の名前が一度も出ていない。もしかすると、雨妹が静の身柄を預かっていることを知らないのだろうか？　ダジャに与える情報もきちんと管理しているだろうから、あり得る話である。それでも、静のことを気にして雨妹に尋ねてほしく思う。ひょっとしてこういうところが、以前杜《ドゥ》がダジャに保護者失格の烙印《らくいん》を押した原因なのかもしれない。

しかしなにはともあれ、雨妹がこの場に呼ばれることになったケシ汁についての話だが、把国はそれ以前の問題を抱えていることがわかった。となると、雨妹はこれで役目を果たしたことになるのだろうか？　そう思って雨妹が解をちらりと見ると、あちらも頷《うなず》きを返してきた。

「張殿にはご苦労だったな。この件については、気付いた張殿のお手柄だ。なにか褒美を要求してもいいくらいだぞ？」

「褒美……」

解の冗談交じりなのであろうその言葉は、今の雨妹にはなんとも甘美なものに響いた。そんな雨妹の様子に、李《リー》将軍が気付く。

「なんだ、なにか欲しいのか？　試しに言ってみろ」

李将軍のありがたいお言葉に、雨妹はキラリと目を輝かせる。

「あの、ずっと気になっていたのですけれど、把国の自慢料理はなんでしょうか？　やはり香辛料なのでしょうか？　お米文化？　それとも小麦文化？　もしかしてカレーなんてものがあるのでは

――」

「失礼」

ゴィン！

まくしたてるようにしゃべる雨妹であったが、唐突に、その頭に衝撃が走った。何事かと思えば、いつの間にか傍《そば》まで来ていた見張りの兵士が、拳《こぶし》を構えているではないか。どうやらアレが頭に落ちたらしい。

というより、この兵士はよくよく見れば立勇ではないか。

「なにをするんですか⁉　っていうか立勇様、いつからいたんですか⁉」

涙目で抗議する雨妹に、「はぁ～」と立勇が深く息を吐く。

「なにをする、ではない馬鹿者！　ここで食欲に走る者があるか⁉」

「そちらこそ、なにを仰《おつしや》いますやら！　食欲よりも大事なものが、この世にあるとでも⁉　私、後宮での美味しい料理はある程度満喫できていると思うのです。そうなれば、次に目指すは世界の美味しいものに決まっているではないですか！」

「それは個人的に別の機会に行え、この場は非公式とはいえ国の折衝なのだぞ⁉」

雨妹と立勇の口論を、他の面々がポカンとした顔で眺めている。

「だから言ったのです。暴走娘の手綱を締めるため、念のためにこの男を同席させた方がよいと」

「うむ、良い判断であった。しかし仲が良い二人だな」

李将軍と明からなにか言われている。

「妙な方に暴走するあたりが、実に似ている……」

解がなにかに感心しているが、たぶん褒められているわけではないのは、雨妹にもわかるのだった。

今回の仕事は終わったので帰ってもよいと告げられた雨妹は、速やかに帰る……とはならず。せっかく入れた場所なので、隊舎内を精一杯遠回りして見て回ってから、帰ることとなった。

その道案内兼見張り役は、兵士姿の立勇である。

「へぇ、非常時に使う場所ですかぁ」

「そういう場所はいくつもあるが、ここを使わなければならない時は、敵にかなり奥まで攻め込まれた時になるだろうな。先の内乱の際にも使われたことはないと聞く」

「ふむふむ、普段使われていない場所だから、人払いも簡単なんですねぇ」

案内役付きでの観光はなんとも楽しいもので、華流ドラマでのアレコレの場面などの妄想が頭を廻《めぐ》るというものだ。

このように隊舎内を一通り楽しんだところで、雨妹は聞くか聞くまいかとしばらく迷った挙句、やっぱり気になるので聞いてしまう。

「あの、良かったのですか？　立勇様がこちらに来ても。あの太子殿下の方は……？」

これに立勇は足を止めると、一つ息を吐く。

「良いも悪いもない。私は明賢《メイシエン》様付きである以前に、国を守る兵である。そのためにやるべきことをやるだけで、そこは明賢様もわかってくださる。上司と部下とは必ず一心同体、以心伝心でいなければならない、ということもないだろう？」

「それは、そうでしょうけれども」

そう言い切った立勇に、だがなおも雨妹は心配する。

「けれど、先程のことは他言無用なのでしょう？」

そうなのだ、立勇は李将軍からくれぐれもと、釘《くぎ》を刺されていた。つまり立勇は今回聞いたダジャの話を、太子の元へ持ち帰れないこととなる。情報を太子から隔離させていることに、立勇としては思うところがあるのではないだろうか？　立勇は宦官《かんがん》と身分を偽ってまでも太子の傍に居続けているくらいに、忠義な男なのだ。

――まあ、私だって内緒の片棒を担いでいるんだけどさぁ。

雨妹はこれまで太子にとてもお世話になっている自覚があるが故に、なんだか申し訳なくも思う。

「そのようなことは、無用な心配だ」

けれど、立勇はなんてことはないという顔で、そう言った。

「そもそも私が動かずとも、明賢様には優秀な影たちがついている。彼らが有用な情報を集めるだろう」

このように話す立勇は、雨妹の目にはまるで自分に言い聞かせているようにも見える。そうやってなおも心配顔の雨妹の頭を、立勇がポンと軽く叩《たた》く。

「私もな、ここのところうっすらと考えていたのだ。明賢様は私以外にも、頼りにする味方を作るべきなのだろうと。頼りにしてくださるのはこの上ない幸せであるが、なんでも全て私がこなしていては、私が動けなくなった時、明賢様も同じように動けなくなってしまう」

「それは、なんとなくわかります」

立勇が語ることに、雨妹も頷く。

前世の看護師の同僚に、そういう人がいたのだ。出世して部下をまとめる立場になったというのに、重要な仕事を部下にほとんど振らずに自分でこなしてしまい、結果仕事のし過ぎで身体《からだ》と心を病んで辞めてしまった。

——全部自分でやっちゃうのは、大変だけど、他人に気を遣わなくていいから楽だもんね。

けれどそうやって楽をした結果、後輩が育たず人材不足に陥り、やがて大きな問題を引き起こす。その同僚が辞めた後、育成不足の人材の再教育が大変だったのを覚えている。なまじそれなりの期間を大きな問題もなく勤めていたので、育成不足とされた当の後輩たちは自覚がなく、そうした再認識教育から施さねばならないという、二度手間のようなことになってしまったのだ。しかしそれも当人たちが悪いのではないので、非常に微妙な立場にさせてしまった。

そんなことと立勇の立場を比べると、仕事を振らないのはむしろ太子の方であるといえよう。

「太子殿下は、気心知れた少人数でやっていきたい、っていう方なんですか？　『自分の動く範囲に新顔を入れたくない』という人は一定数居るものですし」

雨妹が尋ねてみると、立勇は難しい顔になる。

「明賢様は、基本的に人を信用なさらない。誰かと一緒に行動するべき際には、念には念を入れて情報を集め、それでも気に入らずに拒否することはままある」

「そうなんですか⁉」

すると、立勇の口から驚きの情報が出た。

――私、最初から受け入れられていた気がするんだけど？

言われた内容と自身の経験との齟齬《そご》に、雨妹は首を捻《ひね》る。これに、立勇が語るには。

「雨妹、お前が受け入れられた理由は江《ジャン》貴妃への無私の行いもあるが、背後にどの家の思惑もなかった、という点が最も大きい」

ということらしい。

けれど、確かに雨妹が太子宮の太子の所へなにかの拍子にお邪魔する時には、いつも立彬と秀玲《シオウリン》の姿しか見えず、他の人を見たことがない気がする。

――近くに置く人を選ぶ、っていうのはあるのかも。

けれどいつも穏やかに笑っている印象の太子が、孤独を好む人だったとは驚きだ。そう思う雨妹に、立勇は話を続ける。

「明賢様が立太子なされてこれまで、大きく情勢が動くことは表立ってなかった。悪い言い方をすれば、太子の椅子に座っているだけでも許されていたのだ。しかし、仮想敵国が仮想ではなくなってくると、そうはいかなくなる。ここのところ、武門派閥の強硬意見が強くなってきているという。『やはり皇帝は腕っぷしが強くあるべきで、武に長《た》けた者が皇帝となるべきだ』とな」

なんと、物騒な話になってきた。

「えぇ～？　『戦争やろうよ！』っていう人が皇帝になるの、私嫌なんですけど。世の中、平和が一番ですって」

雨妹の文句に、「私に言うな」と立勇が眉《まゆ》をひそめる。

「私とて正直同様に思うが、武門派閥は戦があってこそ栄光が得られるのだから、いつだって戦がしたいものだ」

立勇がもっともな事を述べた。

――ふへぇ、脳筋集団め！

しかめっ面でかろうじてそんな文句を呑《の》み込む雨妹に、立勇は深刻な表情を見せる。

「それに現状、戦時となれば後ろ盾となる青州《セイ》の援護が少々弱いところは否めない。そのあたりをどう補うのか、明賢様の手腕が問われているのだろう……なまじ、今代陛下の戦強さが際立っているものだから、明賢様には苦しい意見が多いのだ」

なんとも、難しい話を聞いてしまったものだ。

――むぅ、『皆で仲良くやろう！』っていうわけにはいかないのかぁ。

雨妹は政治なんていうものだと、華流ドラマの考察というものであれば好きだが、現実はもっと複雑であるらしい。雨妹のような下っ端だと、権力とは万能なものだと思ってしまうが、どうやらそうでもなさそうである。

「太子殿下に対して、なかなかに逆風なんですねぇ、今って」

雨妹がボソリとそう零すのに、けれど立勇から「お前が落ち込んでどうする」と言われてしまう。

「明賢様は決して弱い方ではない。きっと己の道を見つけ出されることだろう」

そう言って目を細める立勇は、なんだか優しい慈愛の顔をしていた。それがなんだか――

「立勇様って、雛《ひな》の旅立ちを見守る親鳥みたいです」

思わずそう零した雨妹に、立勇が眉を上げる。

「それは、褒められているのか、それとも貶《けな》されているのか？」

「褒めているんですよ、もちろん！　愛情深いなぁって！」

こぶしを握って力説する雨妹に、立勇は疑わしい様子であったが。

「そうだ、会えた時に渡そうと思っていたところであった」

そう述べた立勇が、懐から手のひら程度の長さの細い包みを取り出した。

「お前のことだ、今年も用意をしていないのではないか？」

そう言いながら、立勇が開けた包みの中身はというと。

「あ、簪《かんざし》！」

赤い花飾りの簪である。確か去年もこうやって貰《もら》ったのであったと、雨妹は思い出す。その簪はちゃんと大事に仕舞ってあるのだけれど。貰ったのは立勇ではなく立彬の方である点は、今は省いておこう。

「あの、去年いただいたものもありますよ？」

雨妹は去年のものよりも花飾りが大きな簪をしげしげと見ながら、立勇に問う。すると立勇が少々顔をしかめてから言うには。

「……あれは、少々悪い思い出がついたものだ。なので気分を新たにしたいかと思ってな」

立勇とは、なんという気遣いの男であろうか。

「ふへへっ、ありがとうございます！」

「年頃の娘が、妙な笑い方をするものではない」

簪を大事に握る雨妹を、立勇が小突いてくるのだった。


宮城から戻った雨妹は、静《ジン》がいるかと思って食堂に顔を出した。

すると、そこでは――

「でね、その娘はだんだんと身体が弱っていき……」

「ひいぃ、怖い、けどそれで、それで⁉」

なんだか美娜《メイナ》が卓で向かい合って座る静相手に、真剣な表情で話をしているではないか。それを離れた卓から眺めている楊が、雨妹に気付くと苦笑してみせた。

――ああアレかぁ、「百花宮の本当にあった怖い話」！

雨妹は美娜が話している内容に思い当たり、邪魔をしないようにそうっと足を忍ばせて食堂に入る。

この話は、実は雨妹も美娜から聞かされたのだ。いわゆる美娜の鉄板ネタという奴《やつ》だ。美娜のひそひそとした声がまた臨場感が出て、ここが食堂であることをだんだんと忘れさせられるのだ。

静は「怖いけれど、先を知らないともっと怖い」という状態で、耳を手で塞《ふさ》いだりやっぱり離したりを繰り返しながら、その話に聞き入っている。

――思えば、静静《ジンジン》って表情豊かになったよねぇ。

雨妹と出会ったばかりの時は、まあ険しい山を越えてみせたくらいに逞《たくま》しかったけれども、同時に「他人に弱みを見せてはならない」と気を張ってもいた。けれど、どんなに気を張って周囲に侮られまいと背伸びをしてみせても、まだまだ人生経験の浅い子どもである事実は隠しようがない。それでも大人の振りをしてみせなければならなかった静が、雨妹には哀れであった。

けれど今、静は歳《とし》相応の表情をしてみせている。それと同時に、大人びても見えるのだ。当初のような大人の振りをしたものとは違う、静の内面から現れる大人の部分である。

——子どもって、急に大きくなる気がするよねぇ。

子どもとは大人と時間の密度が違うようで、静は日々ちょっとずつ生まれ変わるように、のびやかに生活している。

けれど一方で、雨妹は静の成長の全てを見守れるわけではない。誰も静の全てを最後まで助けてやることなんてできないのだ。最後の最後に静を助けることができるのは、静自身しかいない。だから今雨妹が教えていることは、知識や技術というよりも、「自分のことは自分でなんとかする」ということである。しかしもちろん、自分でできることなんて限りがあるもの。なので「自分でなんとかできない時は他人に頼る」ということも、「自分でなんとかする」手段の一つなのだ。これまでの静に最も欠けていたのは、この「他人に頼る」という点であろう。できないことは諦《あきら》める、これが静の常識だったのだ。

——杜《ドウ》様は「生きる術《すべ》を授けろ」って言っていたなぁ。

それはなにやらとても大変な修行のように聞こえてしまうけれど、雨妹が思うに、わかりやすく言えば「自分を大事にする」ということなのだろう。ちゃんと食事をする、知識を学ぶ、誰かを頼りにする、これら全てを自分で適切に選び、実行していく意思を持つことが「生きる術」なのだろう。

だから今の雨妹がしてやれる精一杯で、静の生活力を鍛えてやったつもりだ。静は食事をしっかり食べて強い身体を作ることの意味、勉学をすることの意味を知った。

後宮に来てからのほんの短期間で、静はなにかの技術が劇的に上手《うま》くなったわけではないけれど、どんなことでもやる気が出るようになった。

「言われたことをこなす」「我慢強い」という静の特性は、逆に言えば「自分を第一に考えない」ということでもあった。けれど雨妹が繰り返し「健康第一！」と教え続けたことで、自分の体調を気にするようになっている。これは大いなる変化であろう。

健康を自力で維持できてさえいれば、後はなんとでもなるものだ。なので雨妹の杜からの頼まれ事は、ひとまずやり遂げたと思ってもいいのではないだろうか？　そして静の影響で、苑州《エン》の民も健康に対する意識が高まればいい。特に食欲は大事だ。

苑州はせっかく「異国への出入り口」という利点があるのだから、戦だなんだという物騒な事ではなく、美味しい異国の美食こそ招き入れるべきであろう。

――静静が美味しい物を食べる素晴らしさを、故郷へ広めるんだからね！

そしてぜひ、雨妹の元まで異国料理を届くようにしてくれれば、存分に異国料理を楽しんでやるものを。

そう雨妹が一人未来への野望に燃えていると。

「そうしたら、風に乗って女の悲鳴が！」

「ひゃーっ！」

静たちはどうやら美娜の語りが終わりに差し掛かってきたところで、雨妹の存在に気付いたようだ。

「おや阿妹《アメイ》、お帰り」

それまで真顔で語っていた美娜が、朗らかな顔でヒラヒラと手を振ってくる。

「お帰り！　聞いて聞いて、今すっごい鳥肌になっているんだよ！」

「はいはい、どんな話を聞いていたの？」

興奮する静を微笑《ほほえ》ましく思い、雨妹は隣に座りつつも、卓に置いてあった麻花《マーホア》をひょいとつまむのだった。

第七章　策士殿

場所は移り、雨妹《ユイメイ》がダジャと面談している頃に、苑州にて。

大偉《ダウエイ》たちが宇《ユウ》とお付きの娘の二人を連れて、再び青州との州境へと向かっていた。

「都に行く道って、誰もいないんだねぇ。もっと人がたくさんいると思っていたのに」

誰ともすれ違わず、景色も岩山が見えるばかりで変化のない道中に飽きてしまった宇が、つまらなそうにそう零《こぼ》す。

「それは仕方ない、戦が起きようかという物騒な場所への道を、誰が通りたいものか」

そんな宇に、大偉がそのように語る。

——すごいな、殿下がまるで常識人みたいに見える。

大偉と宇を比較すると、年長者としての分別が身についている分だけ、大偉の方が「まとも」な発言ができる。なので大偉がまるでそれなりに立派な人間に成長できたような錯覚に襲われ、普段お偉い人に苦労をさせられている飛《フェイ》としては、なんとも不可解な思いに襲われてしまう。

そんな一方で。

「しかし、本当に関所を抜けられるのでしょうか?」

宇がフラフラとどこかに行ってしまわないようにと、宇と手を繋《つな》いで歩く娘がそう不安を口にする。

　この娘は名を毛露《マオ・ルウ》といい、どうやら苑州の州城の官吏の娘であるという。宇曰《いわ》くその毛官吏とは、「馬鹿ばっかりの中で、唯一まともな人だよね」とのことだ。その「まともな人」であるが故に、子どもの身で大公に就かされた宇のことを捨て置けなかったのだろう。

　――まあ普通に考えて、逃げ出す大公を通す関所なんてないだろうな。

　飛は内心でそう考えるものの、口に出すのは別のことだ。

「大丈夫、皇帝陛下の影は優秀だ」

　事前に皇帝の影と繋ぎを取り、この二人の迎えを寄越《よこ》してもらえることになっている。どうやら皇帝がこの宇の身柄を確保したがっているようだし、そのあたりは影がなんとでもするだろう。というよりも、飛としてはすぐにでも宇の身柄を引き取ってもらって、妙な事をしでかさないかという心配で胃が痛くなるのを、早くどうにかしてほしい。

　そんな飛の願いが届いたのか、思ったよりも早くに影と合流できた。

　もうじき州境の関所が見えてこようかというあたりで、道の傍らに座り込んで居眠りしている風な旅装の人物を捉《とら》える。

　――あれだな。

　飛は大偉に頷《うなず》いてみせてから、その旅装の人物に近付く。

「そちらか？」

するとその者が、居眠りの姿勢のままで問いかけてくる。

「ああ」

これに飛は短く返す。

あちらも飛も同じ影同士であるので、言葉で詳細に語るようなことはしない。事前に文で伝えるべきは伝えてあるし、あとの感情的なことは、あちらが飛の表情なり仕草なりから推測するのだ。そんな飛の現在の心境といえば、「やっとこの子どもから解放される！」という晴れやかさであった。

そんな飛の一方で、大偉はというと。

「では、達者でな」

冷たくも聞こえる口調でそう告げる。飛と違って宇たちとの別れに対して、特になにか感情を表すことはしない。

いや、別れの言葉を口にするのは、大偉にしては感情を表している方かもしれない。なにしろ自身の母親である皇后に向かっても、自ら挨拶《あいさつ》などしない男なのである。というよりも、人を見分けられない大偉が、母親をちゃんと認識できているか怪しいものだ。おそらくは「人より派手な格好なのが皇后」くらいに考えているのだろう。

普段がそのような大偉であるのに、つまり宇はそんな中で、なかなか個性的で印象に残る部類に入ったらしい。

しかし宇にはそのような大偉の事情なんてわからないもので。

「ええ～？　大哥《ダーグア》は一緒じゃないの？」

宇が頬を膨らませて不満を口にする。宇には事前に別の者へと引き渡されると伝えてあったのだが、どうやら宇はまだ大偉と一緒にいたいらしい。

——殿下に懐くようなことが、なにかあったか？

大哥とは兄のように親しむ相手への呼びかけであり、大偉がなにか子ども受けをすることをやったり言ったりしたような記憶は、今のところ飛にはないので、まったく妙なことだ。

けれど、この宇の不満に大偉は冷めた目を向ける。

「私は忙しいのだ。これから『軍を動かさず、血を流さずに』苑州に巣くう悪者共を落とす方法とやらを、考えなければならないのだからな」

大偉は別にこれから偉業に臨むというような苦労自慢をしたいわけではなく、ただ「構う暇などない」という時間的なことを述べたのだろう。

しかし、この話に宇が食い付いた。

「なにそれ、面白そう！　ずるいずるい、僕もやりたい！」

この宇の言葉に、即意見したのは毛だ。

「なりません！　御身を安全な場所に逃がすことこそ、今やるべきことです！」

「ええ、だってやりたくない⁉　こんなワクワクすること！」

しかし、宇は頬を膨らませて不満を述べる。

——おいおい、遊びじゃあないんだがな。

まるで「隣の子どもが珍しい玩具《おもちゃ》を持っている」とでもいうような宇の反応に、飛は呆《あき》れてしまう。

「ずるいことなどあるものか。まだこれといって良い案が浮かんでおらぬのだぞ?」

騒ぎ立てる宇に、大偉が冷静に意見を述べて「面白いものではない」と思わせようとしている。

大偉なりに、子どもを連れて行くような場所ではないことを、ちゃんと考えているらしい。

けれど、宇は大偉の説得にもくじけなかった。

「はいはい! 僕にいい考えがある! 僕ね、結構策士なんだから、エッヘン!」

宇が自分で言いながら胸を張る。

「策士」だと自ら名乗るのは、飛としては微笑《ほほえ》ましいやら馬鹿らしいやらな気がするが。一方で「女と子どもの二人連れが、州城から逃れることができている」という事実も確かであった。今の所、毛に逃亡に利するような、文なり武なりの非凡な才覚があるようには見受けられない。ならば、二人が逃れられたのは運と、残る一人である宇の才覚だということになる。

大偉が、宇の言葉に興味を示したらしい。

「ほぉ、それは使える手なのだろうな?」

「もちろん、僕嘘《うそ》つかないよ。だから連れて行けばすごくお得なんだから!」

問うてくる大偉に、宇がにんまりと笑う。

その時、飛はふと気が付く。

「あ!」

なんと、事の成り行きを黙って見守っていたであろう居眠りしていた影が、いつの間にか居なくなっているではないか。風向きがおかしいと察して一旦《いったん》姿を消したのだろうが、あちらとて宇の行動をあらかた見ているこことだろう。

——くそぅ奴《やつ》め、面倒そうだからと押し付けたな！

そう察した飛は、憮然《ぶぜん》と立ち尽くす。おそらく影は、宇の身柄を都へ連れて行くことが必須《ひっす》命令ではないのだろう。宇は影の制御下に囲える存在ではないと、そう判断されたのか？　それは困る、飛個人としては大問題だ。

「ふむ、あちらは去ったか」

大偉も影が居なくなったことに気付いたらしく、どうしたものかと顎《あご》を撫《な》でている。

万が一このまま同行者が現れないとなれば、大偉と別行動をしてもらう場合、宇と毛の二人旅をしてもらうことになる。いや、宇であればそれもできそうに思えるのだが、果たしてこの子どもが素直に都へ真《ま》っ直《す》ぐに向かうものなのか？　宇の行動修正を課すのは、まだ経験の浅い若い娘である毛にはいささか酷というものだろう。

ということは、どうなるかというと。

「仕方ない、ここまで無駄足になったが連れて行くか」

大偉の決断に、飛はがっくりと肩を落とす。この後の宇たちの同行が決定してしまったのだ。

そんなわけで、大偉の州城攻めに宇主従が参加することになってしまった。

「ふんふんふ～ん♪」

だというのに、宇がご機嫌で大偉の隣を歩いている。どこかで拾った木の枝を振りながら、まるでどこぞへ行楽に行くかのような気楽さだ。

まあ、これはこれで周囲への目くらましとして有効なのだけれども。まさか飛ら一行を見かけた者は誰も、彼らが都からの工作員一行だとは思いもしないだろう。とはいえ、大偉と飛の二人の時と違って、足の一番遅い毛に歩みを合わせるため、移動もゆっくりとなってしまうという欠点もあった。

これには「一番足が遅いのは宇ではないのか？」と思えそうであるが、この子どもは案外足腰が頑丈で、体力があるのだ。宇曰く「意地悪爺《じじい》に嫌でも鍛えられたんだから」とのことである。

けれどその代わりに毛は、地元民であるが故の抜け道を知っていた。彼女がぜひにと言って立ち寄った里で、老女に無言で案内された先にあったのは、山の中で木々に隠された扉である。

「どうぞ」

老女が扉の鍵《かぎ》を開けて場所を譲れば、そこには大きな空洞がずっと向こうまで続く隧道《すいどう》があった。

「このような道があるとは、驚きだ」

さすがの飛も驚くのに、毛がこのように説明してくる。

「この地は古来戦場になることが多かったので、こうした逃げ道がいくつも隠されているのです。婆《ばあ》よ、もうここで良い」

毛が案内した老女を労《いた》わる。

「お嬢様、どうか、どうかご無事で……」

老女はそう告げて、これから州城へと戻る毛の手を、両手でしばらく握っていた。


大偉一行は、このような隧道をいくつか通り、いつの間にやら州城の近くまで来ていた。

「ははぁ、州境からここまで、これほど早くたどり着けたのは初めてだ」

「そうなのか？」

飛が驚いているのに、大偉が尋ねてくる。

「ええ、これでも昔に苑《エン》州には幾度か潜入しましたがね。まあ州城までの道が険しいやら、そもそも道がないやらで、大変な目に遭いましたよ」

大偉の元で働く前のことであるが、苑州は本当にやっかいな土地であるというのは、どんな影でも共通認識としてあった。別に州城の守りが堅固だということではない。いや、ある意味堅固なのだろうが、それは人為的な堅固さではなく、天然の要塞《ようさい》としての堅固さであるのだ。城へと至る道とて敢《あ》えて作られておらず、自力で険しい岩山を攻略して到達せねばならず、この岩山とて似たような景色が続くので迷うのが必至。つまり、客人をすんなりと招くつもりが全くない城なのである。

その城への行き来を、当人たちも苦労してやっているのだろうか？　苑州人とはつくづく足腰が頑健であるなと、かつての飛は考えていたものだ。しかしその答えが今になって明かされた。なんのことはない、楽な道がちゃんと作られていたのだ。

「考えたものだなぁ」

「これは、かつてこの地を支配すると決め、城を築いた偉大なるお人が作られた仕組みでございます。過酷な場所ゆえ、敵を撃退するのも容易であると考えられたのです」

感心する飛《フェイ》に、毛が城と隧道の歴史について語る。最初に開拓した者はこのような不便な環境を己の領地にしようとしただけあって、不便さを利に変える知恵があったのだろう。それにしても、言うは易《やす》しだが実際に城を築き隧道を掘るのは、大変な労力であったのは想像できる。そうまでしてこの地に住まわったのは、この地を愛していたからなのか、はたまた他の土地に行くことができなかったからなのか。

過去の偉人に思いを馳《は》せる飛の傍らで、大偉《ダウエイ》が目を鋭くしていた。

「その重要な道を、皇族である我に明かしてよかったのか？　いずれこれを利用してなにか企むかもしれぬ」

大偉の言葉に、毛はしかし皮肉気な笑みを浮かべた。

「偉人の遺産が、敵の手に渡ってしまったとあれば意味がない。不都合となれば、今通った道は塞《ふさ》いでしまえばいいのです。どうせ他にもあるのですから」

なるほど、明かした道は潰《つぶ》しても特に惜しくはないというわけか。そうなると、一体どれだけの隧道が存在するのか、飛としてはいっそ興味深いものだ。

なるほど、女と子ども二人連れが無事に州城から離れられた理由が、これで見えた。こうした逃げ道をいくつか使ったのだろう。それでも苑州内には他に隧道の存在を知っている者がいるはずだ。どの隧道を逃げ道に使うか、かなり計算をしたに違いない。

とまあ、このような話をしたところで。

「さて」

州城を目前にして、大偉は改めて宇《ユウ》に向き直った。

「これ以上先に踏み入れるならば、もう後戻りはできぬ。今一度問おう、お前は私に協力をしてどんな利があるというのだ？」

大偉の純粋な疑問に、宇がニパリと笑って言った。

「決まっているじゃん、嫌がらせさぁ。機会があるなら、仕返しはやっぱりしておきたいよね！」

宇はにこやかな笑顔でそう告げてから、募る思いを吐き出すように話し出す。

「静《ジン》を泣かしちゃだめだし、強がっている姿が可愛《かわい》かったから、僕も一度は怒りを呑《の》み込んだんだよ？　偉いよね？　けどさ、やっぱり可愛い静の髪をほぼ丸坊主にまで切っちゃうって、絶対に許しちゃいけない！　天誅《てんちゅう》を下してやりたくて仕方ないんだ！」

頬を膨らませてぷりぷりと怒る宇なのだが。

「『髪？』」

一方で大偉唯一の執着点である言葉が聞こえて、大偉が呆《ほう》けた顔になり、飛はぎょっとした。しかし宇はこれを「そんな非道をするのか」という驚きと捉《とら》えたようで、特に気にすることなく話を続ける。

「静はどんな静でも可愛いよ？　けどさ、髪を切られるってすっごく嫌なことだし、すっごい酷《ひど》いと思わない？　それなのにあんなことをされちゃって、もうその命で償ってもらうべき重罪だと思うんだ。世のため人のため僕の静のために、やった奴を成敗しないといけないよね！」

ブンブンと両手を振り回しながら力説する宇に、大偉が戸惑うように宙を見上げた。

「だそうですぜ、殿下」

飛にちらりと視線を向けられ、大偉はしばし考える。

「私は、髪を頼んで貰《もら》い受《う》けているのだぞ？　それに丸坊主にしたりはしない」

なんとも都合の良い言い訳をする皇子様だが、皇后唯一の皇子から受ける圧による恐怖に、一体どれだけの女が拒否できるというのか？

この大偉と飛のやり取りを聞いて、宇が目をつり上げた。

「なぁに、大哥ってばひょっとして、女の子の気を引こうとして意地悪で、髪に悪戯《いたずら》したことがあるの？　駄目だよぅ、そんなことしたら！　やられた方はすごく悲しいんだからね！　わからないなら、今から僕が大哥を丸坊主にする！」

宇の想像はとても状況が限定的なのだが、それがあながち外れていないのが恐ろしい。宇のこの怖いもの知らずな正義感は、しごく真っ当な説教であったが、恐らくは大偉には響くまい。

と、飛は考えていたのだけれども。

「……そうか、反省しよう」

なんと、これまで髪切り事件については誰に言われてもなんとも思わずにいた大偉が、このような反省を口にしたのだ。

「ちゃんと反省してよね、めっ！」

そう言うと口をむっと突き出す宇に、大偉が心なしかしゅんとした顔になる。子どもに叱られたのを受け入れるとは、飛は驚愕《きょうがく》であった。

――なるほど、この皇子殿下には素直に情緒に訴えて叱ればよかったのか。

確かにこの件に関して、大偉の周囲は「皇子たる者の振る舞いが云々《うんぬん》」という、規律という点からの説教しかしていない気がする。「相手が傷つく」という点は、権力の頂点付近にいる者たちにとって、考える必要もない些末《さまつ》な事なのだろう。飛が出会った頃の大偉は既にこういう性格であったので、性格を矯正しようと努めたこともなく、せいぜい髪切り魔が出るような状況にならないように立ちまわるくらいであった。

まさに目から鱗《うろこ》が落ちる思いな飛の内心の衝撃はともかくとして。

確かに髪を丸坊主にしてしまうというのは、さすがに大偉ですらやらない非道であろう。崔《サイ》国人にとって、髪を全て切るとは、出家か罪人落ちの証《あかし》であるのだから。

「……静様はご立派でございました。そのような目に遭ったというのに、ご自身の嘆きを堪《こら》え、貧しき生活を強いられる民をひたすら思っていらっしゃった」

その時のことを思い出したのか、毛《マオ》が若干目に涙をにじませながらそう告げる。

「そうなの、静ったら健気《けなげ》だから、自分が酷い目に遭ったら余計にムキになっちゃって、『私が皆のために頑張るんだ！』って言って聞かなくなったんだ。けど、なんだか危なくなってきたからさぁ、どうにか余所《よそ》へ逃げてほしいじゃない？　だから逃げるように静を誘導するのに、僕ってばかなり演技を頑張っちゃったよ。自分のためにはなにもしなくても、僕のためならなんでもやってくれるお姉ちゃんだからねっ！」

宇が「ふふん！」と胸を張るのに、飛は「なるほど」と納得する。都からの情報では宇という子どもは「健気な弟が己の身を犠牲にして残った」とあった。けれど宇はまったく健気そうに見えず、話がおかしいと感じていたのだが、こういうことだったのか。

「けどさぁ、本当は僕が一緒に逃げてやりたかったんだよね」

宇が口を尖《とが》らせるが、そうするわけにはいかなかった。「大公のおまけ」である姉が一人で逃げるのと、「大公を連れた人間」が逃げるのとでは、追手の本気度が違う。なので宇は静と別行動をしなければならず、そうなれば静を任せる同行者が必要になる。

「それにさぁ、静をどこに逃がすかも、僕だってかなり考えたんだよ？　東国は駄目だね、こっちに派遣されるのが下半身ユルユルの性犯罪者が多すぎて印象最悪で『バツ』！」

宇が奇妙な言い回しをして、両腕を身体《からだ》の前で交差させてみせた。かつては影として色々な所へ潜入経験のある飛だが、記憶にない表現である。けれどとにかく駄目なのだと言いたいらしいのは、なんとなくわかる。

「で、皇帝陛下が幼児好きって聞かないから、まあ安全かなって思ったの。道中の静のお守役も厳選したもんね、ある程度教養があって不能……おっと、これは内緒だった。とにかく、安心な奴婢《ぬひ》なの！」

今、すごい情報が出た気がする。

――今、不能と言ったか？

もしやこの話は宇の姉の同行者で、把《ハ》国の王子らしいという話の男の件なのだろうか？　次期国王と目されていた男が、不能だというのか？　真実だとしたら、かなりの醜聞であろう。

「そんな都合のいい奴婢がいたのか？」

驚きで固まる飛をよそに、全く態度を変えずに大偉が宇にそう問いかける。

「うん、従兄《いとこ》から譲られたんだけれどさ、その人って女の子に興味がないの。本人は隠しているっぽかったけど、僕わかっちゃったもん！　ね、可愛い静を預けるのにしれっと傷者にされる心配がなくて、安心でしょ？」

さらなる衝撃情報が出た。

——だが、あり得ることだな。

飛は考えを巡らせる。

不能——子作り能力に障害があるとなれば、女性を苦手に思うようになっても不思議ではなく、結果として同性に性愛の感情が向けられるようになるのは、そう奇妙なことではないだろう。そのような男の奴婢として致命的な欠点があるとすれば、苑州へ来るまで買い手がつかずに売れ残っていた理由としても十分だ。

しかし今の宇の話を真実だとするならば、把国の王子を取り巻くアレコレに対して、違った見方が出てくる。もしや跡取りである王子を「国を率いる国主として相応《ふさわ》しくない」とみなした一派による、謀反だったのではないだろうか？　そうなると、東国との関係や事件の時系列なども、王子が己に都合よく変えて話している可能性もあり、当人の言葉を丸呑みするのは危険だ。

――まあ、あの陛下に限って一人の意見を鵜呑《うの》みにするなんて、馬鹿はやらかさないだろうが。

飛はこのようなことを素早く考え、ちらりと己の主《あるじ》を見る。

「今の、どうしますか？」

飛の問いに、大偉はしばし考えていた。

「これも点数稼ぎだ、伝えておけ」

大偉の決断に、飛は小さく頷《うなず》く。これから計画が本当に上手《うま》くいくのか定かではないのだから、皇帝への心証を上げるために稼げる点数は稼いでおいた方が良い。

しかしながらここまでの話で気になることは、有力情報を提供してくれた宇だが、今のはうっかり口を滑らせたのか、はたまた計算でのことなのか？　飛はなんとなく後者な気がした。上手く時機を見計らって「自分は役に立つ存在だ」と売り込むそのやり口は素晴らしく、いっそすがしいものがある。

けれど、この宇はまだまだ子どもなのだということも、また真実であり。

「大人に任せておけば、自分は楽をできるものを」

飛は思わずそう零す。なにもわからない振りをして、難しいことは大人に任せ、自分はただ遊び暮らすという選択肢は取り得なかったのか？　この飛の意見に、宇がジロリと睨《にら》み上げた。

「大人って誰のこと？」

そう鋭く切り返す宇が声を低くする。

「州城の連中も嫌いだけれど、爺《じじい》たちだって同じくらい嫌いだもの。どいつもこいつも馬鹿ばっかりだ」

そう語る宇は、眉間《みけん》に深く皺《しわ》を寄せた。

「爺たちはね、僕を育てて旗印にして、いつか自分が州城で偉ぶりたいんだ。けどさ、爺たちにそんな才覚はないね、田舎で偉ぶっているのがせいぜいさ。そんな連中が苑《エン》州を動かすようになってみなよ、まあ碌《ろく》なことにならない」

宇は子どもっぽく頬を膨らませるわけでなく、真剣な表情で怒りを吐き出す。その姿が飛は一瞬、壮年の男であるかのように錯覚する。

――宇が育ったのは、反乱者の隠れ里であったか？

飛は皇帝の影からの情報と、己が聞き集めた情報とを合わせて考える。けれど飛に言わせれば、この里の連中というのは、反乱軍とも呼べない、気概だけが立派な連中の集まりである。

もし里の者に真に気概があったのであれば、毛の言うところの「何家《ホー》の最後の希望である」という宇のことを、頑として州城へ渡したりはしなかったであろう。宇を動かすために姉を連れ去ることだって、十分に想定できていたはずだ。

つまり宇が言う爺たちとは、口ではなんとでも言いながらも苑州の未来よりも己の平穏を選んだ。それが里の総意であったということだ。

――まあそれに、反乱っていうのは得てして、計画を考える時が一番盛り上がるもんだからな。

飛はこれまで幾多と見てきた数々のならず者たちのことを思い出すと、そう結論付ける。実際にその計画を実行に移すかどうかはまた別の話であり、そうなると途端に威勢が削《そ》がれるという現場に、飛《フェイ》は影として何度遭遇したことか。

この賢《さか》しい宇のことだ、おそらくは里の大人のそうした雰囲気を感じ取っていたことだろう。そして一人で身を立てられる歳《とし》になるまで、その里で耐え忍ぶつもりであったのかもしれない。子どもでいる間は、やはり大人の庇護下《ひご》にある方が利は多いのだ。

いや、宇であれば大人の庇護など必要なく生きていけたのかもしれないが、ひょっとすると姉のために庇護を受け入れていたのかもしれない。今の所皇帝の影から送られる情報で、姉が異才の持ち主だという話は聞こえてこない。そこいらの子どもと変わらない質《たち》であったのならば、大人の庇護下にある方が良しと思ったのだろう。

しかし宇の気持ちとは裏腹に、時間が姉弟《きょうだい》の味方をしてはくれず、独り立ちするより前に大人の事情に振り回されてしまい、今に至るというわけだ。そのあたりは、飛としても同情しなくもない。

そこへきて出会えたのが、大偉《ダウェイ》皇子というこの上なく身分がしっかりしていて、宇がそこそこ満足できる性格の大人であった。むしろ人として欠落した部分の方が大きい大偉であるのに、宇には十分な合格点であったわけだ。

けれどまあ、なにはともあれ。

宇がお遊びでここまでついてきたわけではないことは、飛としても理解できたし、これは大偉も同様であった。

「それで我が策士殿には、どのような策がおありかな?」

大偉が茶化すわけではなく真顔で問うのに、宇は「そうであるな!」と先程とは打って変わって子どもっぽく、策士ぶるように腕を組む。

「まず基本的なことなんだけれど。この苑州の偉い連中はね、結局自分よりも強い奴に従うんだ。頭でも腕っぷしでもね。それが国境に生きる者の、昔からの処世術っていうの？　あ、今僕なんか頭良さそうなことを言わなかった⁉　ふふん、僕すごい！」

「宇《ユウ》様、胸を反らし過ぎると転げます。足元が悪いゆえ」

自慢の態度を表す宇に、毛が忠告してそっとその背を支える。

まったくこの宇とは、大人びているようにも思えるし、この子どもっぽい態度も演じているようには思えない、不思議な人間だ。

――いや、もしかすると子どもっぽい態度の方が、本来の「こうありたい自分」なのかもしれない。

飛はなんの根拠もなく、ふとそう感じる。

ともあれ、「策士の宇」としての主張は続く。

「だから、堂々と正面から行けばいいんだよ。だって皇帝陛下っていう、この国で一番偉くて強いお人の名代なんだからさ！　できるだけ皇子っぽい派手派手な格好でさ！」

なんとも単純であるが、やってみる価値のある策ではある。

大偉の「皇后の皇子」という肩書はそれなりに頑丈な鎧《よろい》であり、「もし害すれば国軍が出てくるぞ」という脅しとしては有効だ。もしこの肩書が通用せずに州城に入れてもらえずとも、こちらが失うものは時間くらいで、改めてこそこそ潜入すれば良い話なのだ。万が一攻撃されたところで、大偉は門前兵あたりに害することができるような男ではない。

しかし飛としては、宇自ら「策士」だと売り込んだ割に、少々肩透かしを食らった気分であるのは否めない。

「『策士』って名乗るなら、もう少し派手な案はないのか？」

飛は半ばからかい目的でそう言うのに、しかし宇は「ふふん」と鼻を鳴らす。

「わかってないなぁ、作戦っていうのは確実に実行可能なことが大事なの！　針の穴を通すような詳細で小難しい作戦は、確かに『やってやった！』感があって気分良いけどさぁ、しくじったら意味ないじゃん？」

「お、おお？」

なんとも説得力のある答えが返って来て、飛は驚きで目を見張る。

「それにさ、『一回戦ったら全部さっぱり解決！』っていうんじゃないんでしょ？　死力を尽くして戦って、自己満足しているところを襲われるかもしれないし。それとも無茶をして大怪我《おおけが》の挙句にそのまま死んじゃうとか。そういうのを『策士、策に溺《おぼ》れる』って言うんだから、憶《おぼ》えておきなよね！」

子どもからものすごく真っ当な説教をされてしまった飛は、たじろぐしかできない。

「くくっ、飛よ、お前の負けだな」

「……そのようです」

二人のやり取りを聞いて楽しそうな顔の大偉に、飛は渋い顔で頷くのだった。

ともあれ、この宇の作戦を採用するとして。

「その策に必要なのは、衣服くらいか？」

大偉がそう確認するのに、飛が問題点を挙げる。

「生憎《あいにく》と、鎧は簡素なものしか持ち合わせておりません。見栄えの面ではどうですかねぇ」

そうなのだ、旅の荷物は軽い方が足も速くなるので、必要最小限でまとめたために、ゴテゴテと飾りのついて重たい儀礼用の鎧は荷物には入っていない。立派な装備は大偉の武器である剣くらいだろう。これは大偉に合わせて作られた業物で、鍛冶《かじ》師が遊び心で柄に刻んだ牙《きば》の印を殊の外大偉が気に入って、鎧などにも揃《そろ》いで牙の印をつけているのだ。

けれど簡素な鎧とてそこいらの安物ではなく、腕のいい鎧職人に作らせた物なのだから、それなりに見栄えがするし、なにより使い込まれた質感がある。

「まあ、わかる者には揃いの特別な装備だと気付きますか」

「ふぅむ」

大偉主従が思案するのに、宇がキラリと目を光らせた。

「いいじゃん普段使いの簡素な鎧って、なんか玄人っぽくてさ！　『腕に自信アリ』っていう感じがして、僕好きだなぁ。ねえ、やっぱり革鎧？　それとも金属っ⁉」

やたらと前のめりで距離を詰めてくる宇に、大偉もさすがに引き気味である。大偉のこれまでの人生で、子どもからこの距離感で話しかけられることなどなかったことだろう。

「金属を貼りつけた鎧など、一揃い持ってはいるが重たくて好かない。重鈍であるのは戦場では使えぬ」

「あれは馬の背でじっとしている者に似合いますかなぁ」

「やっぱりそうなんだぁ～！　はあぁ、そういう『リアルっぽい』のって、興奮するぅ～！」

大偉と飛がそう語り合うが、これを聞いて宇が何故《なぜ》か興奮してその場で飛び跳ね出す。けれど今なんと言ったのか、飛にもわからない。そういうことは宇との会話でしばしばある。

「一体どこの言葉なんだろうな？」

「申し訳ありません。宇様は時折意味のわからぬことを話すのです」

首を捻《ひね》る飛に、毛《マオ》がそのように告げてきた。

──やはり、妙な子どもだ。

飛の感想は、実にこれに尽きる。


色々と話をしたが、とりあえず大偉が鎧を着込んでいくのを、飛も手伝う。

──やはり我が主は、鎧を着ると存在感が変わるな。

大偉はなんだかんだで皇子であるので、襤褸《ぼろ》を着ていてもどこか品が感じられるが、これが簡素であっても鎧となると、その存在感が倍以上に膨れ上がるように思える。やはりこの皇子は、宮城に押し込められている男ではないのだ。そして宇ではないが、鎧の使い込まれている質感が凄味《すごみ》を醸し出し、むしろ儀礼用の鎧よりも映えるかもしれない。

一方で、大偉の革鎧と剣に刻まれた牙の印を目にした毛が、なにかに気付いたように顔色を青くする。

「もしや、あなた様は……」

しかし大偉にジロリと視線を向けられると、青い顔を白くして黙してしまう。

「どうかしたの？」

そんな毛の様子を見て、宇が不思議そうにする。

「いいえ、なにもございませぬ」

けれど毛はそう言って首を横に振った。すると宇はもう興味を無くしたようで、次いで大偉の鎧姿を四方からジロジロと観察し出す。

「う～ん、雰囲気あるよ！　あとは喧嘩《けんか》が強ければもっといいよね！」

宇が褒めたたえた後でそう付け加えるのに、大偉が微《かす》かに眉《まゆ》をひそめる。

「喧嘩はどうであろうな？　苦手かもしれぬ」

このように述べる大偉だが、この「苦手」というのは一般的な意味合いとは少々違う。

「我が主は、喧嘩になる前に相手の首を刎《は》ね飛ばしますからなぁ。喧嘩にならねぇっていう意味だと、確かに苦手っていうことになるでしょうかな」

飛がそう解説をすると、大偉が「うむ」と頷く。

「やはり……」

これを聞いた毛がそう呟《つぶや》くと、顔色をさらに悪化させて透き通るのではないかと心配になる。

一方で宇は興味深そうにしていて。

「大哥《ダーグア》、短気な人なの？」

「そうだな、羽虫の戯言《たわごと》を聞き続ける気はない」

宇のどこかズレている問いに、大偉はとても真面目な調子で答える。

このようなのんきな調子で、州城強襲作戦がひっそりと幕を開けたのだった。


苑州の州城にて。

城壁に備え付けられた門の外に立つ門番兵の男にとって、この日もなんということのない、代わり映えのない日常である予定だった。

州城内で妙にゴタゴタしているのは気付いているが、お偉い方がどうなっていようと、東国人が堂々と州城に出入りしていようと、男には関係がない。一日ただ無言で門の前に立っている、それだけで給金が貰《もら》えるのだから結構なことだ。

『近々この土地は東国になるだろう』

男の同僚たちの間では、そのような話がひそやかに語られているけれど、なにもそれは特別な事件ではない。男の曽祖父《そうそふ》あたりの時代、この辺りは東国だったのだから、どこかの誰かが勝手に決める国境線とやらがまた変わるというだけで、住民たちの暮らしはなんら変わることはない。

男や他の住人にとって、「今日も死ななかった」ということが日常である。

もしこの場に宇あたりがいれば、この男について「典型的な苑州人」とでも評するかもしれない。

そんな男の日常に、しかし異物が紛れ込もうとは。

その異物は、気が付けばいつの間にか近くにまで来ていた。

「そこを退《ど》け」

ふいにそんな声がして、男は初めてその異物——女と子どもの二人を連れた青年の存在に気付く。

暇なのでボーッとしていたのは確かだが、それにしてもいつの間に間近にまで近付かれたのか、上司に知れれば叱られてしまう。

女と子どもは粗末な格好をしており、青年は鎧を着込んで立派そうな剣を腰に下げている。青年は傭兵《ようへい》かなにかであり、女と子どもは傭兵の身の回りの世話をする奴婢《ぬひ》だろうか？　金のある傭兵はそうした世話人、特に夜の閨《ねや》の世話をさせる者を連れ歩くことがあると聞く。そう思って女と子どもを見れば、なかなか容姿が良いではないか。

——こいつらは誰かの客人か、ならば後で「味見」くらいできないものか。

男がそのような下卑た考えを抱いていると、ガチャリと金属音がしたかと思えば。

「耳が遠いようだな、さっさと退けと言っている」

気が付けば男の腰に収まっていたはずの剣が、男の喉元《のどもと》すれすれに突き付けられていた。

青年の決して荒らげているわけではないのに、妙に耳に響く声に、男は金縛りにあったかのように身体が固まってしまう。この状態には覚えがある、山の中で熊と遭遇した時、このようになったことがある。あの時は熊が腹一杯であったらしく、助かったのだったか。つまり、あの時と同じ恐怖を、身体が感じているのだ。

それに嫌でも視界に入る剣の鈍い輝きが、飾りではなく実戦で使い込まれた剣なのだと、男はふいに悟る。己が持たされている、剣とは名ばかりのただの棒でしかない代物とは雲泥の差である。

剣を避《よ》けて下がろうにも金縛りで身体が動かず、むしろ恐怖での震えで喉元が自ら剣に突き刺さりに行く始末。おかげで男の喉はすでに血だらけになりつつあった。

すると、青年が不機嫌そうに眉をひそめる。

「勝手に血を流すな」

そう告げた青年が剣の腹で男を引《ひ》っ叩《たた》き、その威力で男はゴロゴロと転がってしまう。青年はさほど力を込めた風には見えなかったのに、男は腹の中がどうにかなるかと思うくらいに痛い。けれどおかげで、剣先から逃れることに成功したわけだ。

——なにが、なにが起きているのか？

男はうっすらとした意識の中でそう考え、やがて気絶してしまった。

さて、一方で門番の男を力ずくで退かした青年——大偉《ダウエイ》はというと。

「ふむ、こちらの話を聞かないままに気絶するとは。気絶する前に門を開けてほしかったのだが」

首を勝手に血だらけにして意識を失った門番に、大偉は首を捻る。これに意見を述べたのは、同行者の女、毛である。

「いいえ、意識があったとしても、恐らくこの者には門を開く権限はありますまい」

「ふむ、まあそういうこともあるか」

毛の意見に、大偉も納得する。

閉ざされている門を開くというのは案外大事で、門番一人の判断で開閉できるものではない。だから普段から開かれた門であるならばともかく、閉じているのが通常の門を通りたければ、事前に通達をしておかなければならないのだ。

そしてこの州城の門はいつも閉ざされている類の門なのであろうし、見た所関係者が使う戸口も見当たらない。ならばあちらで気絶している外の門番は、そもそも州城の中に入る権限のない兵士なのかもしれない。

それにしても、「安易に首を刎ねない」というのは案外気を遣うものだ。つい衝動的に剣を動かしそうになるのを、ぐっと腕に力を込めて止めるので、妙に肩が凝って仕方がない。宇《ユウ》からも「片付けが面倒だよ？」と言われてしまったし、ここは本来敵の城というわけでもないので、確かに後々を考えると綺麗《きれい》に戦うことも大事かもしれない。

なにはともあれ、これでは「お願い」をして門を開けてもらうことはできないというわけで。そうなるとやはり「あちら」の仕事に期待をすることになる。残る大偉がやるべき作業は、宇曰《いわ》くの「偉くて強い奴が来たぞ」と思わせることか。

そのように大偉が思考を巡らせていると。

カン！

大偉の耳に、乾いた音が聞こえた。見れば近くに矢が落ちていて、おそらくは大偉をめがけて射られたものが、途中で落ちたのだろう。大偉が城壁の上を見上げれば、そこにいる数人の兵が弓を構えている。落ちているのは彼らが射た矢なのだろう。

カカカン！

さらに続けざまに矢を射られるが、またまたそのどれも大偉に命中することはない。何故か途中で全て軌道が逸《そ》れてしまうからだ。

「どうなっている⁉」

城壁上の兵士たちがざわついているが、彼らにはさらに驚くべきことが起きた。なんと、門が勝手に開き始めたのだ。

「どうして門が開いている⁉」

「面妖《めんよう》な、妖術か⁉」

城壁上では大慌ての大騒ぎであり、ゆっくりと開くのが止められないでいる門の向こうでは、慌てた兵が集まってきて、守りを固めだす。しかし陣形なんてあったものではなく、ただの兵の集団でしかない。

「……ここの兵らは、大丈夫なのか？」

開いた門をゆったりと進みつつ、敵ながら心配してしまう大偉の隣で、宇がニヤニヤしていた。

「焦っているねぇ、ここの連中って平和呆《ぼ》けしているから」

なんとも意外な言葉を聞いた大偉が、「平和呆け？」と不思議に思っていると、宇が説明してくれた。

「だって、国境砦《とりで》ならともかく、この州城が戦場になることはまずないもの。そういう風に建てられているからね」

この城は大きな街道が繋《つな》がっているわけではなく、抜け道を使わなければ細い山道を通ってくるしかない。抜け道を使えたとしても、あまりに大勢で一度に通れるものでもなかった。万が一通っている最中に抜け道の前後を崩されれば、山の中へ生き埋めである。

これらの事を鑑みるに、確かに大軍で攻めるには向かない場所であろう。それに先の内戦の折にも、この地で戦った皇帝志偉《シエイ》の主な戦場は苑《エン》州と青《セイ》州の州境付近であり、苑州城へは面倒で入っていないと聞いた気がする。当時信用できるかわからない皇帝相手に、地元民が抜け道の存在を明かしたかは不明であるし、山越えの道しか示されなかったのならば、皇帝が不便さと時間の問題で州城へ行かない選択をしてもおかしくはない。

つまり、この州城は昔から大きな戦いを経験しておらず、「引きこもって静観し、相手が諦《あきら》めるのを待つ」という戦法が取られてきたのだろう。なるほど、国境砦と違ってこちらに配備される兵とは、楽な仕事であるのか。

それに兵たちは宇と毛の存在に、誰も気付く様子がない。小綺麗な格好で目立ってうっかり殺されないようにと、わざと粗末な格好をさせていたのだが、州城内から切り離された兵たちの目には、単なる貧乏人の二人でしかないらしい。

「なるほど、これは楽に通れそうだが、張り合いがなくつまらんな」

大偉がそうため息を吐《つ》いてから、兵の集団に向き直る。

「これより州城を制圧する。我は大偉、志偉皇帝陛下の皇子が一人である。陛下の命だ、ここを通らせてもらおうか」

この大偉の名乗りを聞いて、兵たちがざわつき出す。

「大偉皇子だと⁉」

「もしや、あの噂《うわさ》に聞く斬り裂き皇子⁉」

苑州でも自身の名が知れているとはなかなかのものではないだろうか？　などと大偉は少々得意になる。もしこの場に飛《フェイ》がいれば「悪名ですよ」と言葉を挟んだかもしれない。もっと言えば、百《ひゃっ》花宮《かきゅう》の青い髪の宮女がこれを聞けば、「似合い過ぎる二つ名！」と叫んだことだろう。けれど生憎と、両者ともこの場にはいない。

「大哥、有名人だったの？」

そう尋ねる宇に、大偉は眉を上げる。

「実はな、もう少々爽《さわ》やかな二つ名が欲しいと思っているところだ」

大偉がひそやかな本心を宇に漏らすのに、宇が「ふぅん」と相槌《あいづち》を打つ。

「やはり、大偉殿下でしたか」

毛《マオ》はというと、表情を強張《こわば》らせながらも、顔色はさほど悪くはない。「あなたという存在に慣れたのですよ」などと飛は言いそうだ。

一方で、兵たちには懐疑的な態度の者もいるようである。

「制圧しに来たと言ったぞ」

「だがたった一人で、あとは女と子どもだ」

「本物なのか、騙《かた》りではないのか？」

どうでもいいが、敵を前にしてお喋《しゃべ》りに興じるとは、この兵たちはのん気過ぎではないのか？

数で勝っているという安心感故なのかと大偉が呆《あき》れていた、その時。

『なんだなんだ、何者だぁ⁉』

そのような大声が聞こえてきて、兵の集団の後方でガチャガチャと金属音が響いてきた。

「うげぇ、面倒なのがいる」

これを聞いて、宇がしかめ面になる。

「気を付けなよね、東国のナントカ将軍っていう奴で、かなりイカれているから」

そう早口に説明した宇は、一旦《いったん》逃げるために毛と共に門の外まで戻った。

兵たちを強引に払いのけながら進み出て来たのは、金属の鎧《よろい》の集団だ。頭からつま先まで金属でガチガチになっており、鎧というより、なんだかそういう生き物のように見えてくる。

「なるほど、東国風の鎧だな」

大偉が冷静に相手を観察していると、その中の一人が棘《とげ》のいくつもついた重たそうな鎚矛《つちほこ》を軽々と振り回して見せた。その逞《たくま》しい肉体は鉄鎧の上からも窺《うかが》える。けれどその鎚矛がうっかり近くにいた兵をひっかけ、その勢いで転倒したその兵の上に鎚矛の先端が落ちた。

グシャッ！

すると鎚矛を受けた兵の頭が、まるで瓜《うり》が潰《つぶ》れたような音を立てて潰れてしまうが、鎚矛の持ち主は特に気にせず、「多少汚れたが仕方がない」というような表情だ。

――味方を味方と思わぬ質か。

宇の言う「ナントカ将軍」とやらについて、大偉はそう判断する。戦場ではこうした輩《やから》を、たまに見かけるのだ。

「ひいっ、死にたくねぇ！」

仲間の哀れな死に様を目の当たりにした兵たちの中で、逃げ出す者もいるかと思えば。

「東国の鎧の壁に、立ち向かえるはずがない！」

そう楽観視して、見世物を楽しむように座り込む者もいる。これがもし己の私兵であれば、どちらも全員手打ちにしているであろう、と大偉は眉《まゆ》をひそめる。

だがこの間に逃げないでいる大偉を、金属鎧たちが囲った。

その中から、棘の鎚矛を持ったその将軍が進み出る。

『ははぁ、なんだ綺麗な顔をした兄ちゃんじゃねぇか、なかなか好みだ。一緒に遊ぼうぜ、腰が抜ける程ヤッてやるよ、なんなら今ココでするか？』

「生憎と、東国の言葉はわからぬ」

嫌らしい笑顔の相手に、大偉は真面目に返す。

『てめぇら、手足は別に潰して構わんが、顔はやめろよ？　俺の楽しみが減るからな』

将軍は連れて来た金属鎧たちに指示を出すと、手に持つ棘の鎚矛でドスン！　と地面を叩く。

『さあ兄ちゃんよ、さぞかし美しく弾《はじ》けてくれるんだろうなぁ？』

将軍が金属兜《かぶと》の中でニタリとする。がしかし、大偉も同様にニタリとした笑みを浮かべた。

「ふむ、つまらぬことになりそうだったが、お前が楽しませてくれるのか？」

大偉がそう述べながら剣をくるりと回して感触を確かめていると、将軍が鎚矛を振りかぶる。

『その格好をつけた表情が恐怖に歪《ゆが》む瞬間が、見物だなぁ⁉』

そしてそう叫ぶや否や、大偉に向かって突っ込んできた。

将軍は大きな身体と金属鎧という見た目の重鈍さを裏切るように、機敏な身のこなしで大偉に迫りくると、鎚矛をブン！　と横に振り払う。

この棘の鎚矛は打撃武器としての威力も十分にあるが、この棘をうっかり鎧や衣服にひっかけて、身体を持っていかれる危険性の方が重要だろう。しかしそれを恐れて大きく避けると、その隙に他の金属鎧たちの攻撃が繰り出される。

大偉は小さな動きで鎚矛を避け、しかし反撃にも出ずに防戦の体勢であった。

ところで将軍の鎚矛に身体を持って行かれて危ないのは、金属鎧たちとて同様らしい。敵味方の区別をつけない質らしい将軍は、鎚矛の棘に味方の金属鎧を引っかけて、遠くへと飛ばしている。これに巻き込まれた他の金属鎧と共に、一塊になって転がっていく。他の金属鎧たちは将軍ほどの機敏さはなく、見た目通りに重鈍である。

『馬鹿が、俺の邪魔をするんじゃねぇ！』

将軍が何事か吠《ほ》えた、その時。

ボン、ボン、ボン！

『ぐわぁっ⁉』

続けざまに小さな破裂音がしたかと思ったら、残っていた周りの金属鎧たちが煙を吹いて倒れていく。

『なんだぁ？』

思いもよらない事態なのだろう、驚愕《きょうがく》の表情を浮かべる将軍に、大偉《ダウェイ》は口の端を上げて告げる。

「ここは戦場だぞ？　ぼうっと立っているからそうなる」

なんということはない、矢が落ちるのも開門も今しがたの煙も、妖術でもなんでもなく、事前に様子見のために潜入させていた飛の仕業である。

大偉たちとて、多勢に無勢は百も承知であった。戦場での命のやり取りを好む質である大偉だが、別段無謀を好むわけでもない。今回は最初から行動の要は飛であり、自身の役目はせいぜい相手に油断させるべく動くことだったのだ。

東国人たちは金属鎧で身体を全て覆っているとはいえ、あちらこちらにそれなりの隙間というものがある。その隙間に少量の火薬を仕込んだものを打ち込んでやれば、鎧の中で爆発してああなるというわけだ。重鈍な木偶《でく》の坊相手である、飛には楽な仕事であろう。

州城にも影がいるかと、それだけを警戒したのだが、毛から「敵の影の心配は要らない」という意見があり、飛からも異常事態の知らせもない。毛の言う通り、敵の影と遭遇したりはしなかったらしい。その上このナントカ将軍のおかげでせいぜい周囲の目を引けたので、飛もやりやすかっただろう。

そして、この隙を逃すほど大偉ものん気ではない。

「さっさと仕舞いにするぞ」

大偉はそう呟《つぶや》くと、瞬時に将軍に肉薄する。ぴたりと密着するほどになれば、鎚矛などなんの役にも立たない。

「そなたは将軍には向かぬな、視野が狭い。単独で乱戦に突っ込む方がよほど向いているが、今後に生かせず残念だ」

この大偉の忠告が、将軍が聞いた最後の言葉になった。

ザリィン！

大偉は鎧と兜の隙間から首を刎《は》ね飛ばし、将軍の首は目や口を見開いたまま宙を舞い、やがて地面に落ちる。

「あ、しまった」

がしかし、ここで大偉は失敗に気付く。うっかり首を刎ねてしまったが、これは皇帝に提示された条件を破ったことになるまいか？　そう気付いた時には、もう今更であったのだが。

「ひぃぃ！」

「鎧どもが、あんなにあっけなく」

「冗談じゃねぇ、俺は逃げる！」

金属鎧たちが一瞬で無力化され、大偉の正体にさらに恐れを抱いた兵たちは、とうとう全員が逃げ出そうとして右往左往とし始めた。

すると、その時。

ズウゥン！

重い音を立てて、州城の入口扉が開く。

「大偉皇子殿下、お迎えに上がるのが遅くなり、申し訳ございませぬ。全員、その場に控えよ！」

入口扉の向こうから現れたのは、痩《や》せてひょろりとした体格でかなり顔色が悪そうな壮年の男であった。男がそう叫ぶと、兵たちは整列なんてあったものではないながらも、その場に叩頭《こうとう》をした。

「父上！」

宇《ユウ》と共に隠れていた毛が、男の姿を見て感激の声を上げながら駆け寄る。どうやらこの男が、毛官吏であるようだ。

「ご無事だったのですね……！」

「露《ルウ》、よくぞやってくれた」

父と娘は互いに涙を流し、ひとしきり再会を喜ぶ。

「やったね、大哥《ダーグァ》！」

毛と共にやってくる宇は、こちらへ向けて笑顔で大手を振るが、大偉の方は渋面であった。

「もしや、軍勢がたったこれだけとは言うまいな」

こう大偉が不満を漏らすのに、宇が答えるには。

「居るとは思うよ？　奥でブルブル震えているだろうけれどさ」

「なるほど」

大偉は頷《うなず》きながら、この作戦を話している時に聞いた宇の言葉を思い出す。

「苑《エン》州では強い相手に従う」

これが古来の苑州人の質だというが、強者に従うことを良しとするならば、自らが強者になることに執着しないのかもしれない。

攻める方が大軍を用いることができないということは、逆に言うと、守る方とて大軍を動かせないということであろう。この城は安全な傍観者であるための城であり、攻めて攻められてをする前提で出来ていない。なのでちょっと恐怖を植え付けてやれば、こうもあっさりと屈服してしまう。

しかし大偉は城攻めの楽しみに大いに期待していたというのに、この胸の高鳴りが無駄になった虚無感をどうしてくれようか。

「ああ、都で青い髪を愛《め》でたい。もうじき花の宴であろうに」

己の気持ちを落ち着かせようと、大偉がそのように愚痴を零す。ほんのひと房でいいのだ、やはり夢にまで見るものとまさしく同じである、あの青い髪が欲しい。大偉が「ほぅ」とため息を吐くと。

「よしてください、今度こそ陛下から殺されますぜ」

するとこれに、いつの間にやらこちらへやってきていた飛が苦言を呈する。特に怪我を負った様子もなく、返り血を浴びているようでもない。

「ご苦労、どうであった？」

仕事の成果を尋ねる大偉に、飛は若干呆れた様子を見せる。

「まあ、州城の裏がどこもがら空きなことで。仮にも大公家の城だっていうのに、本当に影がいやしない」

この飛《フェイ》の言葉に、言葉を挟んだのは毛《マオ》宦史であった。

「影は皆東国の影に殺されたか、全て逃げ出したのです。宇様にはお付きの影すら探せず、不自由をさせてしまいました」

これを聞いた飛も、沈痛な顔になる。

「そいつは痛い。ここは外の情報が入り辛《づら》い土地なのに、影が使えないとあっては目隠しされて戦うようなものだ。なるほど、苑州が弱体化した根源はそこか」

飛が同じ影として同情しているようだが、大偉が今気にするべきはその点ではない。

「この首は、『血を流した』ことになるだろうか？」

ナントカ将軍の首をうっかり刎ねてしまった上、この将軍が味方の兵の頭を潰してしまっている。この両者から流された血は、どのように勘定されるのだろうか？

「『火の粉を振り払った』っていう交渉が利きますかねぇ？」

飛も難しい顔で考え込んだそこへ、明るい声が響く。

「そんなの、真面目に報告することないじゃん？『門に障害物があったので退けました』って言えばいいんだよ！」

「障害物だろうか？」

ニコニコ笑顔で告げる宇に、大偉は首を捻《ひね》る。

「ええ、デカくて話が通じなくて邪魔なのって、障害物って言わない？言うよね！あとの諸々《もろもろ》は、不幸な事故！」

そのように断言されると、大偉もそう主張してみる価値があるように思えてきた。

話が落ち着いたと見たのか、毛父娘《おやこ》は並んで進み出て大偉の前に叩頭する。

「何《ホー》家の臣、毛でございます。我らが大公をお導きくださった殿下に、厚く御礼申し上げたく思います」

「そのようなことはよいので、早く案内せよ」

礼をとられた大偉がそう言って手を振るので、立ち上がった毛父娘はバラバラな兵たちをどかしながら、大偉たちを州城の中へと導くのだった。


こうして毛官吏によって案内された先にある部屋にいたのは、太った東国人であった。細身な苑州の男が、その東国人と一緒に並んで縄でぐるぐる巻きにされていた。

『このようなことをして許されると思うな！　見ていろ、今に本国が大群をもって、ここへ襲い来るぞ！』

「この縄を解け、でないとどうなるかわかっているのか⁉」

東国人が何事かを喚《わめ》き、苑州の男も唾《つば》を飛ばしながら叫ぶ。

「誰だ？」

「東国が派遣した長官と、あっちは一応州丞《しゅうじょう》だそうで」

恫喝《どうかつ》する男たちをちらりと見た大偉が短く問うのに、飛が答える。ちなみにこの二人に縄を巻いたのは、当然飛である。

飛の言葉を聞いてまだ勝ち目があると思ったのか、州丞だという男がニヤリとする。

「わざわざ慰み者にされるために戻ってくるとは、宇様も好き者でございますなぁ！」

その言葉は悪人らしいが、大偉たちには全く怖いと思えない。というのも、この二人は何故か共に全裸であるからだ。一体なにをしている時に捕まったのか？　という疑問が出るところだが。

「いやぁ、これほど見たくもないものを見たと思ったのは、いつ以来ですかねぇ」

飛が実に嫌そうに述べた。曰《いわ》く、この二人は外が戦闘状態である時に、閨《ねや》で仲良く耽《ふけ》っていたそうだ。

「なるほど」

これを聞いた大偉の顔から、興味を無くし、やる気を失ったのが見てとれた。ただでさえ対人への関心が薄い大偉であるので、この手の輩はもはや存在を感知したくないらしい。

「あのさぁ、馬鹿なのあんたら？」

興味を無くした大偉の代わりに、言葉を紡ぐのは宇であった。

「大軍を出す気なら、こんなせこい事をしないで最初からドカッと攻めている気がするんだぁ。それをしないでちまちまやっているっていうことは、所詮《しょせん》小遣い稼ぎ程度の値打ちってことでしょ、ココは。州城の偉い奴らって基本腰抜けだから、そう言っていれば楽に従えられたんだよね？　馬鹿は扱いやすかったでしょう」

宇は東国人にわかるようにだろう、時折東国語も交えながら話をする。

「あの従兄も単純だから、『民のために』って東国人のお偉いさん専用男娼《だんしょう》になるのを受け入れるなんて、自己犠牲に酔っているとしか言いようがないね。まあそんな事でも『自分は役に立っている』って思えたから、楽だったんだろうさ。僕に言わせりゃあとっとと逃げればいいのに、何家の一員であることを捨てられない人だったから。ほんっと、何家の生き残りって頭使わない奴らばっかり！」

宇が怒りを爆発させるのに、毛父娘すらも目を見開き固まっている。このような宇の本音は、この二人ですら聞いていなかったのかもしれない。

だがここで、宇は「ふう」と息を整える。

「僕もさぁ、これでも里では『優しい子』っていう印象で通していたんだから、静《ジン》にさえ手出しをしなかったら、普通に傀儡《かいらい》として多少の贅沢《ぜいたく》暮らしを受け入れたかもね？　けど、静をいじめる奴は人間じゃなくて畜生以下だってことに、僕の中では決まっているんだ。薬と人身売買って、まあ悪徳商売の常套手段《じょうとうしゅだん》だよね？　特に人身売買は、あんたたちみたいな厳《いか》つい体格の人種には、このあたりの人種は男でも女でも、閨の相手として人気があるんでしょう？　前だって西洋系人種にアジア人は人気だったし。手っ取り早い商売で、楽だったんだよね？　けどそれは僕の趣味じゃあない」

宇はここまで長々と一気にしゃべってから、足を大きく振り上げると。

ドゲシィッ！

目の前の全裸二人を蹴飛《けと》ばした。なかなかの体重の乗せ方で、二人はゴロンと転がる。

「そんな商売の片棒を担いだなんて、もし僕が静に誤解されて嫌われたら、お前らはどう責任を取ってくれるんだ、アァン⁉」

脅す声が子どものものながら、迫力があってなかなかの威圧感だ。脅し慣れているかのようであった。

「あ〜スッキリした♪　やっぱり言いたいことを言わずに溜《た》め込むって、健康によくないね！」

一方で、言うだけ言えた宇は、爽《さわ》やかな表情となる。

けれど、これで万事解決というわけにはいかない。

「さて宇よ、改めて問うがどう罰したい？　将軍とやらはうっかり首を刎ねたので、この二人はできれば生かして情報を絞りたいところだ」

一番の被害者の意見を優先する気がある大偉《ダウェイ》が尋ねたところ、宇が「う〜ん」と考えてから「いいことを思いついた！」という顔をした。

「罰の案、あるよ！　あのねぇ、ごにょごにょ……」

「なるほど、嫌がらせの罰としてはこれ以上ないな」

「でしょ？　コイツらって女の子も男の子も大人もたくさんの人を泣かせたんだから、罪を償うのってコレしかないって思う！」

「……それ、誰がやるんで？」

宇と大偉が盛り上がる中、飛が嫌そうな顔をする。

それからしばらくして、州城に二つの声にならない悲鳴が響いた。そして大偉たちの前には、股《こ》間《かん》を血で染めた二つの全裸が転がっている。

なにをしたかというと、股間の男根を切り落としたのだ。宦官《かんがん》になる場合、きちんとした処置の上で行われるものを、それをなにも為《な》されずに行われたのだ。想像を絶する痛みであることだろう。

しかし、飛が速やかに処置をするため、死ぬことはできない。

「楽しくない治療ですなぁ」

飛が嫌そうにしながら、二人の股間の手当てをしているのを横目に、「さて」と大偉は考える。

この後は、どうせすぐに皇帝の影たちが乗り込んでくるだろうから、後始末はその連中に任せてしまえばいい。国境砦《とりで》に居座る連中のことはまた改めて考えるとして、大公の椅子を確保したことで、大偉の今回の仕事はやり遂げたのである。

というわけで、大偉の州城攻略が幕を閉じれば、長居は無用だ。しかるべき統治者が送り込まれるまで、大偉がここで待つこともない。

――さて、せめて清明節には間に合うか？

大偉にとってこれまで興味もなかった宮城だが、今は一つの楽しみがある。

あの青い髪は、果たして未《いま》だあの場にいるだろうか？

＊＊＊

百花宮ではいよいよ花の宴を数日後に控え、あちらこちらで女も宦官も忙《せわ》しく、そして賑《にぎ》やかになっていた。

そんな中、雨妹の家では。

「いいんじゃないかい？」

「うんうん、似合うよ静静《ジンジン》！」

静を囲んで、楊《ヤン》と雨妹がそう口々に言い合っていた。

「へへ、そうかな？」

静は照れたような顔で、長い髪を指で撫《な》でている。

そう、やっと静の付け毛が出来上がったので、楊が持ってきてくれたのだ。静が久しぶりの長い髪の感触を確かめるようにする様子を、雨妹はニコニコと見守る。

それにしても、付け毛が手に入ったのは時期的にはギリギリであった。

「花の宴に間に合って、よかったですねぇ」

雨妹がそう言うのに、楊もホッとした顔になる。

「そうさね、さすがに頭巾《ずきん》をさせておくわけにはいかないよ」

そうなのだ、花の宴までに付け毛が手に入らなかった場合、静は大きめの髪飾りで髪のボリュームを誤魔化すことになっただろう。けれどそうなると静は新人のくせに派手な髪飾りをしているということで、悪目立ちをしてしまう。結果、付け毛が手に入って一安心というわけだ。

というわけで、一つ問題が片付いたのはいいのだけれども。

「今から気が重い……」

雨妹は花の宴に向けて、実は気分が上がらないでいた。というのも、前回の花の宴での例の事件のせいである。

妙な皇子に絡まれて怖い思いをしたのは、未だに記憶に刻まれている嫌な思い出であった。

「あの皇子殿下、今年も来るんですかね？」

雨妹が頬を膨らませながら尋ねるのに、楊は「さぁてね」と首を捻る。

「ひょっとして来ないいんじゃないかねぇ？」

そんな気楽なことを言ってくれる楊だが、去年も周囲がそう思っている中現れたではないか。そして、雨妹は反省を生かせる女である。

「私、今年は変にウロウロしません！」

「まあ、できるだけそうしておくれ」

ぴっ、と手を上げて宣言する雨妹に、楊が苦笑している。

「あの皇子、って誰？」

当然去年の事件なんて知るはずのない静が、不思議そうに尋ねてきた。しかし、これに雨妹はブンブンと首を振った。

「駄目駄目！　噂をしていると来るかもしれないから、話題にしない！」

最初に話題にしたのは自分だということは、まるっと棚上げな雨妹である。

「……ふぅん」

雨妹の剣幕に、静もこの場で尋ねるのは止《よ》した方がいいと考えたようだ。
なにはともあれ、こうして花の宴がいよいよ間近となっていた。

続く

あとがき

「百花宮のお掃除係」九巻をお手に取ってくださった読者様方、ありがとうございます！

八巻から続くエピソードですが、なんと、今巻で〆《しめ》られませんでした！　ドンマイ私！

さらには、今巻で大暴れをしてくれている大偉《ダウエイ》皇子でございますが。これまたなんと、コミカライズの方での初登場と出番が被《かぶ》るというミラクルを起こしてくれましたよ。おかげでコミカライズ連載を追いかけてくださっている読者様方には、復習にもなって二度美味《おい》しい！　この皇子、ナニかを持っていますね……。

他にもなかなかのクセ強キャラも登場していますので、まだ本編を未読の方はどうぞお楽しみに！


それでもって、ここから作者の近況となります。

最近なんだか、編み物したい病が再発しておりまして、しかもかぎ針編みが楽しい！

私は実家の商売の関係で、裁縫や手芸が身近であった人なんです。けれど裁縫はミシンよりも手縫いが主。むしろミシンは一応持っているけれど、扱い慣れていないから真《ま》っ直《す》ぐ縫えないポンコツであります。

そんなで、編み物も昔から好きな方なんだけれど、だからってなにか作品を作って他人に見せる、とかはしたことがない。ただ自分が欲しい物を作るだけ。私が幼少の頃にインスタグラムがあったなら、また意識が違ったかもしれないけれどね。

そんなんだから、毛糸とか色がいいのがあったら、「なにか編めないかな？」って思っちゃう。それに昔なら毛糸を買うのもお金が馬鹿にならなかったから、買うのに慎重になっていたけれど、今は百均にいい毛糸があるんだ……！

ってなことで、気付けば手元になかなかの量の毛糸の在庫がある。極太からレース糸まであるよ！　その在庫一掃の意味も込めて、あと小さな小銭入れが必要になったっていうこともあり、「よし、いっちょう編むか！」ってなって、今編み物ブームなんです。

いいよね、今はみなさんが編み図をＷＥＢ上で公開してくれているから、「これ可愛《かわい》い！」って思ったものにチャレンジしやすいんだ。それに編んでいる間は無心になれるから、気晴らしにもなってグッドです！　編み物熱が落ち着いたら、お裁縫でもなにか作りたいかも。


そんな感じの近況でしたが。

最後に、いつもながら素敵可愛いイラストを描いてくださるしのとうこ様に感謝を。コミックス版のshoyu様、大偉皇子をイケメンにしてくださってありがとうございました……！


それでは皆様、「百花宮のお掃除係」十巻で会える日に向けて、これから頑張って書きます！

カドカワBOOKS

百花宮《ひゃっかきゅう》のお掃除係《そうじがかり》 9
転生《てんせい》した新米宮女《しんまいきゅうじょ》、後宮《こうきゅう》のお悩《なや》み解決《かいけつ》します。

2023年 8 月10日　初版発行

著者／黒辺《くろべ》あゆみ

発行者／山下直久

発行／株式会社KADOKAWA

〒102-8177
東京都千代田区富士見2-13-3
電話／0570-002-301（ナビダイヤル）

編集／カドカワBOOKS編集部

印刷所／大日本印刷

製本所／大日本印刷

Printed in Japan
ISBN 978-4-04-075087-3 C0093

新文芸宣言

かつて「知」と「美」は特権階級の所有物でした。

15世紀、グーテンベルクが発明した活版印刷技術は、特権階級から「知」と「美」を解放し、ルネサンスや宗教改革を導きました。市民革命や産業革命も、大衆に「知」と「美」が広まらなければ起こりえませんでした。人間は、本を読むことにより、自由と平等を獲得していったのです。

21世紀、インターネット技術により、第二の「知」と「美」の解放が起こりました。一部の選ばれた才能を持つ者だけが文章や絵、映像を発表できる時代は終わり、誰もがネット上で自己表現を出来る時代がやってきました。

UGC（ユーザージェネレイテッドコンテンツ）の波は、今世界を席巻しています。UGCから生まれた小説は、一般大衆からの批評を取り込みながら内容を充実させて行きます。受け手と送り手の情報の交換によって、UGCは量的な評価を獲得し、爆発的にその数を増やしているのです。

こうしたUGCから生まれた小説群を、私たちは「新文芸」と名付けました。

新文芸は、インターネットによる新しい「知」と「美」の形です。

2015年10月10日
井上伸一郎

TVアニメ化決定!!
魔王《ラスボス》よりも強いけど、平穏に暮らしたいんです。
B's-LOG COMIC＆異世界コミックにて
コミカライズ連載中!!!!
漫画：のこみ
悪役令嬢レベル99
～私は裏ボスですが魔王ではありません～

――彼女は本当に【無才無能】か？

最強悪女の痛快コメディ開幕!!

あるときは
有無を言わせぬ力で
他を圧倒する天才魔法師。

またあるときは、
妄想を具現化して
人々を魅了する
売れっ子恋愛小説家!?

性悪、魔法の才能無し、無責任、無教養と悪評高い公爵令嬢ラビアンジェ。【無才無能】扱いだけど、実は――前々世が稀代の悪女と名高い天才魔法師!?　前世が86歳で大往生した日本人!?
過酷に生きた前々世の反動か、人生三周目は魔法の才能を隠し、喜んで【無才無能】を利用して我が道を行く。しかし順調な学園生活は、野外訓練で崩れちゃう!?
中身はお婆ちゃんな最強魔法師の無自覚大暴走で、嫌われ令嬢から一変、愛され令嬢に!?

カドカワBOOKS

稀代の悪女、
三度目の人生で
【無才無能】を
楽しむ
嵐華子
illustration
八美☆わん

COMIC
WALKERほかにて
コミカライズ
好評連載中!
漫画・
濱田みふみ